»Und jedem Anfang wohnt ein Zauber inne, / der uns beschützt und der uns hilft zu leben.« Die vorliegende Gedichtauswahl wurde von Hermann Hesse selbst ein Jahr vor seinem Tod zusammengestellt. Neben »Stufen« – dem beliebtesten Gedicht der Deutschen – präsentiert der Band die schönsten Verse aus seinem Gesamtwerk.

»Von der Lyrik, die ich las ... ist Hesses Lyrik diejenige, die am klarsten und zuverlässigsten Menschliches künstlerisch, Künstlerisches menschlich gibt. Man kann ihr nur im Tone herzlicher Verehrung und Zuneigung seinen Dank bekunden.« *Max Hermann-Neiße*

»Bei Hermann Hesse fühle ich mich zu Hause. Er war mir schon lange nah, und es wäre sicher manches anders gelaufen ohne ihn. Schon in jungen Jahren wurde er ein großer Inspirator für mich, der wichtige Impulse und Orientierungen setzte ... Keinem anderen Schriftsteller fühle ich mich deshalb so verbunden.« *Udo Lindenberg*

Hermann Hesse, am 2. Juli 1877 in Calw / Württemberg als Sohn eines baltendeutschen Missionars und der Tochter eines schwäbischen Indologen geboren, 1946 ausgezeichnet mit dem Nobelpreis für Literatur, ist am 9. August 1962 in Montagnola bei Lugano gestorben.
Seine Bücher, Romane, Erzählungen, Betrachtungen, Gedichte, politischen, literatur- und kulturkritischen Schriften sind mittlerweile mit einer Gesamtauflage von 100 Millionen Exemplaren in aller Welt verbreitet und haben ihn zum meistgelesenen europäischen Autor des 20. Jahrhunderts in den USA, Japan und Korea gemacht.

insel taschenbuch 4047

Hermann Hesse

Stufen

HERMANN HESSE STUFEN

AUSGEWÄHLTE GEDICHTE

INSEL VERLAG

Umschlagfoto: Shutterstock.com

5. Auflage 2020

Erste Auflage 2011
insel taschenbuch 4047
Insel Verlag Berlin 2011

Vertrieb durch den Suhrkamp Taschenbuch Verlag
Hinweise zu dieser Ausgabe am Schluß des Bandes
Umschlag: HildenDesign, München, www.hildendesign.de
Druck: CPI – Ebner & Spiegel, Ulm
Printed in Germany
ISBN 978-3-458-35747-6

Gedichte 1895 bis 1941

ausgewählt von Hermann Hesse

Einem Freunde mit dem Gedichtbuch

Was mich je bewegte und erfreute
Seit den sagenhaften Jugendtagen,
All dies Flüchtige und bunt Zerstreute
An Besinnungen und Träumereien,
An Gebeten, Werbungen und Klagen
Findest du auf diesen Seiten wieder.
Ob erwünscht sie oder unnütz seien,
Wollen wir nicht allzu ernstlich fragen –
Nimm sie freundlich auf, die alten Lieder!
Uns, den Altgewordnen, ist das Weilen
Im Vergangenen erlaubt und tröstlich,
Hinter diesen vielen tausend Zeilen
Blüht ein Leben, und es war einst köstlich.
Werden wir zur Rechenschaft gezogen,
Daß wir uns mit solchem Tand befaßten,
Tragen wir wohl leichter unsre Lasten
Als die Flieger, die heut nacht geflogen,
Als der Heere arme, blutige Herde,
Als die Herrn und Großen dieser Erde.

Dorfabend

Der Schäfer mit den Schafen
Zieht durch die stillen Gassen ein,
Die Häuser wollen schlafen
Und dämmern schon und nicken ein.

Ich bin in diesen Mauern
Der einzige fremde Mann zur Stund,
Es trinkt mein Herz mit Trauern
Den Kelch der Sehnsucht bis zum Grund.

Wohin der Weg mich führet,
Hat überall ein Herd gebrannt;
Nur ich hab nie gespüret,
Was Heimat ist und Vaterland.

Jugendflucht

Der müde Sommer senkt das Haupt
Und schaut sein falbes Bild im See.
Ich wandle müde und bestaubt
Im Schatten der Allee.

Durch Pappeln geht ein zager Wind,
Der Himmel hinter mir ist rot,
Und vor mir Abendängste sind
– Und Dämmerung – und Tod.

Ich wandle müde und bestaubt,
Und hinter mir bleibt zögernd stehn
Die Jugend, neigt das schöne Haupt
Und will nicht fürder mit mir gehn.

Frühsommernacht

Der Himmel gewittert,
Im Garten steht
Eine Linde und zittert.
Es ist schon spät.

Ein Wetterleuchten
Beschaut sich bleich
Mit großen, feuchten
Augen im Teich.

Auf schwanken Stengeln
Die Blumen stehn,
Hören Sensendengeln
Herüberwehn.

Der Himmel gewittert,
Schwül geht ein Hauch.
Mein Mädel zittert –
«Sag, spürst du's auch?»

Frühling

In dämmrigen Grüften
Träumte ich lang
Von deinen Bäumen und blauen Lüften,
Von deinem Duft und Vogelgesang.

Nun liegst du erschlossen
In Gleiß und Zier
Von Licht übergossen
Wie ein Wunder vor mir.

Du kennest mich wieder,
Du lockest mich zart,
Es zittert durch all meine Glieder
Deine selige Gegenwart.

Über Hirsau

Rast haltend unter Edeltannen
Besinn ich mich der alten Zeit,
Da in mein erstes Knabenleid
Dieselben Waldesdüfte rannen.

An diesem Ort – – ich lag im Moose
Und träumte scheu und knabenwild
Ein blondes, schlankes Mädchenbild,
In meinem Kranz die erste Rose.

Die Zeit ging hin; der Traum ward alt
Und wich von mir. Ein andrer kam. –
Wie lang, daß der auch Abschied nahm!

Mich quält, wem jener erste galt.
Ja wem? Ich weiß nur noch: sie war
Holdselig, schlank und blond von Haar.

Spätblau

O reine, wundervolle Schau,
Wenn du aus Purpurrot und Gold
Dich ebnest friedvoll, ernst und hold,
Du leuchtendes Späthimmelblau!

Du mahnst an eine blaue See,
Darauf das Glück vor Anker hält
Zu seliger Rast. Vom Ruder fällt
Der letzte Tropfen Erdenweh.

Lulu

Flüchtig wie auf hohen Matten
Einer Wolke scheuer Schatten
Rührte mich mit leisem Wehe
Deiner Schönheit stille Nähe.

Zwischen Traum und Traum zuweilen
Will das Leben mich ereilen,
Glänzt so gold und lockt so heiter,
Und erlischt – ich träume weiter.

Träume von den Augenblicken
Des Erwachens – von Geschicken,
Deren Schatten ob mir liefen,
Während meine Augen schliefen.

Die leise Wolke

Eine schmale, weiße
Eine sanfte, leise
Wolke weht im Blauen hin.
Senke deinen Blick und fühle
Selig sie mit weißer Kühle
Dir durch blaue Träume ziehn.

Über die Felder ...

Über den Himmel Wolken ziehn
Über die Felder geht der Wind,
Über die Felder wandert
Meiner Mutter verlorenes Kind.

Über die Straße Blätter wehn,
Über den Bäumen Vögel schrein –
Irgendwo über den Bergen
Muß meine ferne Heimat sein.

Die frühe Stunde

Silbern überflogen
Ruhet das Feld und schweigt,
Ein Jäger hebt seinen Bogen,
Der Wald rauscht und eine Lerche steigt.

Der Wald rauscht und eine zweite
Steigt auf, und fällt.
Ein Jäger hebt seine Beute
Und der Tag tritt in die Welt.

Die Birke

Eines Dichters Traumgerank
Mag sich feiner nicht verzweigen,
Leichter nicht dem Winde neigen,
Edler nicht ins Blaue steigen.

Zärtlich, jung und überschlank
Lässest du die lichten, langen
Zweige mit verhaltnem Bangen
Jedem Hauche regbar hangen.

Also wiegend leis und schwank
Willst du mir mit deinen feinen
Schauern einer zärtlich reinen
Jugendliebe Gleichnis scheinen.

Wetterleuchten

Wetterleuchten fiebert fern,
Der Jasmin mit sonderbaren
Lichtern wie ein scheuer Stern
Schimmert bleich in deinen Haaren.

Deiner wundersamen Macht,
Deiner schweren, sternelosen,
Opfern Küsse wir und Rosen,
Atemlose, schwüle Nacht.

Küsse ohne Glück und Glanz,
Die wir kaum geküßt bereuen –
Rosen, die in trübem Tanz
Überreife Blätter streuen.

Nacht, die ohne Tau vergeht!
Liebe ohne Glück noch Tränen!
Über uns ein Wetter steht,
Das wir fürchten und ersehnen.

VALSE BRILLANTE

Ein Tanz von Chopin lärmt im Saal,
Ein wilder, zügelloser Tanz.
Die Fenster leuchten wetterfahl,
Den Flügel ziert ein welker Kranz.

Den Flügel du, die Geige ich,
So spielen wir und enden nicht
Und warten angstvoll, du und ich,
Wer wohl zuerst den Zauber bricht.

Wer wohl zuerst einhält im Takt
Und von sich weg die Lichter schiebt,
Und wer zuerst die Frage sagt,
Auf die es keine Antwort gibt.

Elisabeth

Dir liegt auf Stirne, Mund und Hand
Der feine, zärtlich helle Lenz,
Der holde Zauber, den ich fand
Auf alten Bildern zu Florenz.

Du lebtest schon einmal vorzeit,
Du wunderschlanke Maigestalt,
Als Flora im beblümten Kleid
Hat Botticelli dich gemalt.

Auch bist du jene, deren Gruß
Den jungen Dante übermannt,
Und unbewußt ist deinem Fuß
Der Weg durchs Paradies bekannt.

Wie eine weiße Wolke
Am hohen Himmel steht,
So weiß und schön und ferne
Bist du, Elisabeth.

Die Wolke geht und wandert,
Kaum hast du ihrer acht,
Und doch durch deine Träume
Geht sie in dunkler Nacht.

Geht und erglänzt so silbern,
Daß fortan ohne Rast
Du nach der weißen Wolke
Ein süßes Heimweh hast.

In der Nacht

An dem Gedanken bin ich oft erwacht,
Daß jetzt ein Schiff geht durch die kühle Nacht
Und Meere sucht und nach Gestaden fährt,
Nach denen heiße Sehnsucht mich verzehrt.
Daß jetzt an Orten, die kein Seemann kennt,
Ein rotes Nordlicht ungesehen brennt.
Daß jetzt ein schöner fremder Frauenarm
Sich liebesuchend preßt in Kissen weiß und warm.
Daß einer, der zum Freund mir war bestimmt,
Jetzt fern im Meer ein dunkles Ende nimmt.
Daß meine Mutter, die mich nimmer kennt,
Vielleicht im Schlaf jetzt meinen Namen nennt.

Mon rêve familier

Aus dem Französischen des Paul Verlaine

Ich träume wieder von der Unbekannten,
Die schon so oft im Traum vor mir gestanden.

Wir lieben uns, sie streicht das wirre Haar
Mir aus der Stirn mit Händen wunderbar.

Und sie versteht mein rätselhaftes Wesen
Und kann in meinem dunklen Herzen lesen.

Du fragst mich: ist sie blond? Ich weiß es nicht.
Doch wie ein Märchen ist ihr Angesicht.

Und wie sie heißt? Ich weiß nicht. Doch es klingt
Ihr Name süß, wie wenn die Ferne singt –

Wie Eines Name, den du Liebling heißt
Und den du ferne und verloren weißt.

Und ihrer Stimme Ton ist dunkelfarben
Wie Stimmen von Geliebten, die uns starben.

Nacht

Mit Dämmerung und Amselschlag
Kommt aus den Tälern her die Nacht.
Die Schwalben ruhn, der lange Tag
Hat auch die Schwalben müd gemacht.

Durchs Fenster mit verhaltenem Klang
Geht meiner Geige milder Strich.
Verstehst du, schöne Nacht, den Sang –
Mein altes Lied, mein Lied an dich?

Ein kühles Rauschen kommt vom Wald,
Daß mir das Herz erschauernd lacht,
Und leis mit freundlicher Gewalt
Besiegt mich Schlummer, Traum und Nacht.

Im Norden

Soll ich sagen, was ich träume?
An beglänzten, sonnenstillen
Hügeln Haine dunkler Bäume,
Gelbe Felsen, weiße Villen.

Eine Stadt im Tal gelegen,
Eine Stadt mit marmorweißen
Kirchen leuchtet mir entgegen,
Und sie ist Florenz geheißen.

Und in einem alten Garten,
Eingehegt von schmalen Gassen,
Muß das Glück noch auf mich warten,
Das ich dort zurückgelassen.

Schwarzwald

Seltsam schöne Hügelfluchten,
Dunkle Berge, helle Matten,
Rote Felsen, braune Schluchten,
Überflort von Tannenschatten.

Wenn darüber eines Turmes
Frommes Läuten mit dem Rauschen
Sich vermischt des Tannensturmes,
Kann ich lange Stunden lauschen.

Dann ergreift wie eine Sage,
Nächtlich am Kamin gelesen,
Das Gedächtnis mich der Tage,
Da ich hier zu Haus gewesen.

Da die Fernen edler, weicher,
Da die tannenforstbekränzten
Berge seliger und reicher
Mir im Knabenauge glänzten.

Der Kreuzgang von Santo Stefano

Venedig

Ein Wändeviereck blaß, vergilbt und alt,
Ehmals von Pordenones Hand bemalt.

Die Bilder fraß die Zeit. Du siehest nur
Mit schwachem Umriß hier und dort die Spur

Verwaschener Fresken noch: ein Arm, ein Fuß –
Vergangener Schönheit geisterhafter Gruß.

Ein Kind mit Augen auch, die lustig lachen
Und den Beschauer seltsam traurig machen.

Ravenna

Ich bin auch in Ravenna gewesen.
Ist eine kleine tote Stadt
Die Kirchen und viel Ruinen hat,
Man kann davon in den Büchern lesen.

Du gehst hindurch und schaust dich um,
Die Straßen sind so trüb und naß
Und sind so tausendjährig stumm
Und überall wächst Moos und Gras.

Das ist wie alte Lieder sind –
Man hört sie an und keiner lacht
Und jeder lauscht und jeder sinnt
Hernach daran bis in die Nacht.

Landstreicherherberge

Wie fremd und wunderlich das ist,
Daß immerfort in jeder Nacht
Der leise Brunnen weiterfließt
Vom Ahornschatten kühl bewacht,

Und immer wieder wie ein Duft
Der Mondschein auf den Giebeln liegt
Und durch die kühle, dunkle Luft
Die leichte Schar der Wolken fliegt!

Das alles steht und hat Bestand,
Wir aber ruhen eine Nacht
Und gehen weiter über Land,
Wird uns von niemand nachgedacht.

Und dann, vielleicht nach manchem Jahr,
Fällt uns im Traum der Brunnen ein
Und Tor und Giebel, wie es war
Und jetzt noch und noch lang wird sein.

Wie Heimatahnung glänzt es her
Und war doch nur zu kurzer Rast
Ein fremdes Dach dem fremden Gast,
Er weiß nicht Stadt nicht Namen mehr.

Wie fremd und wunderlich das ist,
Daß immerfort in jeder Nacht
Der leise Brunnen weiterfließt,
Vom Ahornschatten kühl bewacht!

Tempel

Wo der gestürzte Gott, von Schatten überschauert,
Im hohen Gras am Rand des Weges liegt,
Und wo der Hain die schwarzen Wipfel wiegt
Und über dem gebrochenen Tempel trauert,
Dort laß auch mich, geweihte Götterrast,
Im kühlen Lied der alternden Zypressen
Des heißen Wegs durch Staub und Qual vergessen
Und niederlegen meiner Bürden Last!

Du kennst mich nimmer, der ich jahrelang
Fern deiner Stille durch die Länder suchte
Nach Göttern, die ich liebte und verfluchte
Und denen ich unheilige Lieder sang.
Rückkehrend von verbotnen fremden Wegen
Laß mich das schwere und verstürmte Haupt
Im Hain des Gottes, den ich einst geglaubt
Und den ich dann verriet, zur Ruhe legen.

Ausklang

Wolkenflug und herber Wind
Kühlt mich, der ich krank gewesen
Träumend wie ein stilles Kind
Ruh ich aus und bin genesen.

Nur ein Klang in tiefer Brust
Ist von meinem armen Lieben,
Dämpfend alle laute Lust,
Leis und trauernd überblieben.

Diesem namenlosen Klang,
Während Wind und Tannen rauschen,
Kann ich Stunden, Tage lang
Schweigend hingegeben lauschen.

Die Zypressen von San Clemente

Wir biegen flammend schlanke Wipfel im Wind,
Wir schauen Gärten, welche voll Frauen sind
Und voll Spiel und Gelächter. Wir schauen Gärten,
Wo Menschen geboren und wieder begraben werden.

Wir sehen Tempel, welche vor vielen Jahren
Voll von Göttern und voll von Betenden waren.
Aber die Götter sind tot und die Tempel sind leer
Und im Grase liegen gebrochene Säulen umher.

Wir sehen Täler und sehen silberne Weiten,
Wo Menschen sich freuen, müde werden und leiden,
Wo Reiter reiten und Priester Gebete sagen,
Wo Geschlechter und Brüder einander zu Grabe tragen.

Aber des Nachts, wenn die großen Stürme kommen,
Werden wir traurig und bücken uns todbeklommen,
Stemmen die Wurzeln angstvoll und warten leise,
Ob der Tod uns erreiche, oder vorüberreise.

Das ist mein Leid

Das ist mein Leid, daß ich in allzuvielen
Bemalten Masken allzugut zu spielen
Und mich und andre allzugut
Zu täuschen lernte. Keine leise Regung
Zuckt in mir auf und keines Lieds Bewegung,
In der nicht Spiel und Absicht ruht.

Das muß ich meinen Jammer nennen:
Mich selber so ins Innerste zu kennen,
Vorwissend jedes Pulses Schlag,
Daß keines Traumes unbewußte Mahnung
Und keiner Lust und keines Leides Ahnung
Mir mehr die Seele rühren mag.

Traum

Es ist immer derselbe Traum:
Ein rotblühender Kastanienbaum,
Ein Garten, voll von Sommerflor,
Einsam ein altes Haus davor.

Dort, wo der stille Garten liegt,
Hat meine Mutter mich gewiegt;
Vielleicht – es ist so lange her –
Steht Garten, Haus und Baum nicht mehr.

Vielleicht geht jetzt ein Wiesenweg
Und Pflug und Egge drüber weg,
Von Heimat, Garten, Haus und Baum
Ist nichts geblieben als mein Traum.

Einsame Nacht

Die ihr meine Brüder seid,
Arme Menschen nah und ferne,
Die ihr im Bezirk der Sterne
Tröstung träumet eurem Leid,
Die ihr wortelos gefaltet
In die blaß gestirnte Nacht
Schmale Dulderhände haltet,
Die ihr leidet, die ihr wacht,
Arme, irrende Gemeinde,
Schiffer ohne Stern und Glück –
Fremde, dennoch mir Vereinte,
Gebt mir meinen Gruß zurück!

Handwerksburschenpenne

Das Geld ist aus, die Flasche leer,
Und einer nach dem andern
Legt sich zu Boden müde sehr
Und ruht vom langen Wandern.

Der eine träumt noch vom Gendarm,
Dem er mit Not entronnen,
Dem andern ist, er liege warm
Im Felde an der Sonnen.

Der dritte Kunde schaut ins Licht
Als ob er Geister sehe,
Er stützt den Kopf und schlummert nicht
Und hat ein heimlich Wehe.

Das Licht verlischt und alles ruht,
Nur noch die Scheiben funkeln,
Da nimmt er leise Stock und Hut
Und wandert fort im Dunkeln.

Chioggia

Wetterbraune, dichtgedrängte Fassaden,
Marienbilder in verborgenen Nischen,
Wasserspiegel und träge Gondeln dazwischen
Und breite Barken mit braunen Fischern beladen.
Überall aber, auf jeder bröckelnden Mauer,
In allen Gassen, auf Treppen und in Kanälen
Liegt eingeschlummert eine verzweifelte Trauer
Und will von vergangenen Zeiten erzählen.
Leise geh ich und mit verborgenem Schrecken
Über die Fliesen – ängstlich, ich möchte sie wecken.
Wenn sie erwachte! Ich könnte nimmer entrinnen!
Eilend schreit ich vorbei und suche den Hafen,
Suche das Meer und ein reisendes Schiff zu gewinnen.
Hinter mir zögern traurig die Gassen und schlafen.

Nachtgang

Es nachtet schon, die Straße ruht,
Seitab treibt mit verschlafenen Schlägen
Der Strom mit seiner trägen Flut
Der stummen Finsternis entgegen.

Er rauscht in seinem tiefen Bett
So wegverdrossen, rauh und schwer,
Als ob er Lust zu ruhen hätt,
Und ich bin wohl so müd wie er.

Das ist durch Nacht und fremdes Land
Ein traurig Miteinanderziehn,
Ein Wandern stumm und unverwandt
Zu zwein, und keiner weiß wohin.

Der Brief

Es geht ein Wind von Westen,
Die Linden stöhnen sehr,
Der Mond lugt aus den Ästen
In meine Stube her.

Ich habe meiner Lieben,
Die mich verlassen hat,
Einen langen Brief geschrieben,
Der Mond scheint auf das Blatt.

Bei seinem stillen Scheinen,
Das über die Zeilen geht,
Vergißt mein Herz vor Weinen
Schlaf, Mond und Nachtgebet.

Auf einer Nachtwanderung

Herwandernd aus den Bergen durch die Nacht
Hat mich der Weg durch fahle Wiesensäume
Und weiche Schatten unsichtbarer Bäume
Ans offene Tor der alten Stadt gebracht.

Durch eine lange Straße schritt ich sacht,
Und nirgends schien aus all den schwarzen Scheiben
Ein einzig Kerzenlicht und lud zum Bleiben,
Und alles schlief, und überall war Nacht.

Erst, da ich wieder weit im Felde ging
Und rückwärts auf die wunderlich gebaute,
Schlafwirre Flucht der dunkeln Giebel schaute,
Sah ich ein Licht, das hoch im Turme hing.

Und oben am Gesims war Einer wach;
Der trug am Strick die schaukelnde Laterne
Und bog sich vor und schaute in die Ferne
Und meinen kaum gehörten Schritten nach.

Gondel

Bläue über dir und Sonnenglut,
Unter dir die ewig stille Flut,
Auf dem schlanken, leichtbewegten Kiel
Trägst du Saitenklang und Liebesspiel.

Schwarz und ernst sind deine leichten Wände.
Süß, solang das frohe Heute loht,
Süß und seltsam ist der Traum vom Tod,
Von der Jugend und der Liebe Ende.

Meine jungen Jahre gleiten
Unbekannten Zielen zu
Durch beglänzte schöne Weiten,
Schlanke Gondel, rasch und leicht wie du.

Zunachten

Laufeuchte Winde schweifen,
Nachtvögel hört man überm Ried
Mit schweren Flügeln streifen
Und fern im Dorf ein Fischerlied.

Aus niegewesenen Zeiten
Sind trübe Sagen angestimmt
Und Klagen um ewige Leiden;
Weh dem, der sie bei Nacht vernimmt!

Laß klagen, Kind, laß rauschen!
Rings ist die Welt von Leide schwer.
Wir wollen den Vögeln lauschen
Und auch dem Lied vom Dorfe her.

Manchmal

Manchmal, wenn ein Vogel ruft
Oder ein Wind geht in den Zweigen
Oder ein Hund bellt im fernsten Gehöft,
Dann muß ich lange lauschen und schweigen.

Meine Seele flieht zurück,
Bis wo vor tausend vergessenen Jahren
Der Vogel und der wehende Wind
Mir ähnlich und meine Brüder waren.

Meine Seele wird ein Baum
Und ein Tier und ein Wolkenweben.
Verwandelt und fremd kehrt sie zurück
Und fragt mich. Wie soll ich Antwort geben?

Im Nebel

Seltsam, im Nebel zu wandern!
Einsam ist jeder Busch und Stein,
Kein Baum sieht den andern,
Jeder ist allein.

Voll von Freunden war mir die Welt,
Als noch mein Leben licht war;
Nun, da der Nebel fällt,
Ist keiner mehr sichtbar.

Wahrlich, keiner ist weise,
Der nicht das Dunkel kennt,
Das unentrinnbar und leise
Von allen ihn trennt.

Seltsam, im Nebel zu wandern!
Leben ist Einsamsein.
Kein Mensch kennt den andern,
Jeder ist allein.

Abendwolken

Was so ein Dichter sinnt und treibt,
Sich Reim und Vers ins Büchlein schreibt,
Manch einem scheint es ohne Kern,
Doch Gott versteht's und duldet's gern.

Er selber, der die Welt ermißt,
Zuzeiten auch ein Dichter ist,
Und wenn das Abendläuten ruft,
Greift er wie träumend in die Luft,
Baut sich zum Feierabendspiel
Zartgoldene Wölklein schön und viel,
Läßt sie an Bergesrändern säumen
Und rot im Abendglanz erschäumen.
Und manche, die ihm wohl gelang,
Die leitet er und hütet lang,
Daß sie, die fast aus nichts gemacht,
Am Himmel ruht und selig lacht.
Und die nur Tand und Reimwerk schien,
Wird nun ein Zauber und Magnet
Und zieht der Menschen Seelen hin
Zu Gott in Sehnsucht und Gebet.
Der Schöpfer lächelt und erwacht
Vom kurzen Traum, das Spiel verglüht,
Und aus der kühlen Ferne blüht
Herauf die friedevolle Nacht.
Nur daß aus Gottes reiner Hand,
Sei's auch im Spiel, jedwedes Bild
Vollkommen, schön und selig quillt,
Wie es kein Dichter je erfand.

Mag denn dein irdisch Lied bedeuten
Ein schnell vertönend Abendläuten,
Darüber hin, im Licht entbrannt,
Die Wolken wehn aus Gottes Hand.

Vorfrühling

Der Föhn schreit jede Nacht,
Sein feuchter Flügel flattert schwer.
Brachvögel taumeln durch die Luft.
Nun schläft nichts mehr,
Nun ist das ganze Land erwacht,
Der Frühling ruft.

Bleib still, bleib still, mein Herz!
Ob auch im Blute eng und schwer
Die Leidenschaft sich rührt
Und dich die alten Wege führt –
Nicht jugendwärts
Gehn deine Wege mehr.

Februarabend

Bläulich dämmert am Hügel hinab zum See
Matten Schimmers im Schmelzen der weiche Schnee,
In den Nebeln gestaltlos wie bleiche Träume
Schwimmen vielästige Kronen erstorbener Bäume.

Aber durchs Dorf, durch alle schlummernden Gassen
Wandelt der Nachtwind, schlendert lau und gelassen,
Rastet am Zaun und läßt in den dunklen Gärten
Und in den Träumen der Jugend Frühling werden.

Frühling

Wieder schreitet er den braunen Pfad
Von den stürmeklaren Bergen nieder,
Wieder quellen, wo der Schöne naht,
Liebe Blumen auf und Vogellieder.

Wieder auch verführt er meinen Sinn,
Daß in dieser zart erblühten Reine
Mir die Erde, deren Gast ich bin,
Eigentum und holde Heimat scheine.

Nacht

Ich habe meine Kerze ausgelöscht;
Zum offenen Fenster strömt die Nacht herein,
Umarmt mich sanft und läßt mich ihren Freund
Und ihren Bruder sein.

Wir beide sind am selben Heimweh krank;
Wir senden ahnungsvolle Träume aus
Und reden flüsternd von der alten Zeit
In unsres Vaters Haus.

Windiger Tag im Juni

Der See starrt wie Glas,
Am steilen Hügelhang
Weht silbern das dünne Gras.

Jammernd und todesbang
Schreit ein Kiebitz in der Luft,
Taumelt in zuckenden Bogen.

Vom anderen Ufer herübergeflogen
Kommt Sensengeläut und sehnlicher Wiesenduft.

Morgen

Da ich verschlafen lag
An Waldes grünem Rand,
Geschah ein leiser Schrei im Land,
Und da ich mir die Augen rieb,
War es schon heller Tag.

Vergangen ist mein Traum,
Mein schwerer Traum! Die Welt
Ist ringsum wohlbestellt
Und hat für mich und viele
Verlaufene Wanderer Raum.

O Tag, du junger Tag!
Dich darf ich noch durchmessen,
In dir die Zeit vergessen
Und mich und alles Schwere,
Das mir noch kommen mag.

Spruch

So mußt du allen Dingen
Bruder und Schwester sein,
Daß sie dich ganz durchdringen
Daß du nicht scheidest Mein und Dein.

Kein Stern, kein Laub soll fallen –
Du mußt mit ihm vergehn!
So wirst du auch mit allen
Allstündlich auferstehn.

Nachtgefühl

Tief mit blauer Nachtgewalt,
Die mein Herz erhellt,
Bricht aus jähem Wolkenspalt
Mond und Sternenwelt.

Seele flammt aus ihrer Gruft
Lodernd aufgeschürt,
Da im bleichen Sternenduft
Nacht die Harfe rührt.

Sorge flieht und Not wird klein,
Seit der Ruf geschah.
Mag ich morgen nimmer sein,
Heute bin ich da!

Der Dichter

Nur mir dem Einsamen
Scheinen des Nachts die unendlichen Sterne,
Rauscht der steinerne Brunnen sein Zauberlied,
Mir allein, mir dem Einsamen
Ziehen die farbigen Schatten
Wandernder Wolken Träumen gleich übers Gefild.
Nicht Haus noch Acker ist,
Nicht Wald noch Jagd noch Gewerb mir gegeben,
Mein ist nur, was keinem gehört,
Mein ist stürzender Bach hinterm Waldesschleier,
Mein das fruchtbare Meer,
Mein der spielenden Kinder Vogelgeschwirre,
Träne und Lied einsam Verliebter am Abend.
Mein auch sind die Tempel der Götter, mein ist
Der Vergangenheit ehrwürdiger Hain.
Und nicht minder der Zukunft
Lichtes Himmelsgewölbe ist meine Heimat:
Oft in Flügen der Sehnsucht stürmt meine Seele empor,
Seliger Menschheit Zukunft zu schauen,
Liebe, Gesetz besiegend, Liebe von Volk zu Volk.
Alle find ich sie wieder, edel verwandelt:
Landmann, König, Händler, emsiges Schiffervolk,
Hirt und Gärtner, sie alle
Feiern dankbar der Zukunft Weltfest.
Einzig der Dichter fehlt,
Er, der vereinsamt Schauende,
Er, der Menschensehnsucht Träger und bleiches Bild,
Dessen die Zukunft, dessen die Welterfüllung
Nicht mehr bedarf. Es welken
Viele Kränze an seinem Grabe,
Aber verschollen ist sein Gedächtnis.

Sommernacht

Tropfen sinken, die Luft ist bang.
Noch geht kein Wind.
Ein Trunkener singt die Straße entlang.
Sein Lied ist irr und schwach wie ein Kind.

Nun schweigt er ganz:
Der Himmel zerreißt
Und grell im blauweißen Glanz
Der Blitze die Straße gleißt.

Wie Getrabe von weißen Rossen
Rauscht Regen heran.
Alles Licht erlosch, alle Form zerrann,
Stürzende Wogen halten mich eingeschlossen.

Sommers Ende

Gleichtönig, leis und klagend rinnt
Den lauen Abend lang der Regen,
Hinweinend wie ein müdes Kind
Der nahen Mitternacht entgegen.

Der Sommer, seiner Feste müd,
Hält seinen Kranz in welken Händen
Und wirft ihn weg – er ist verblüht –
Und neigt sich bang und will verenden.

Auch unsre Liebe war ein Kranz
Auflodernd heißer Sommerfeste,
Nun löst sich sacht der letzte Tanz,
Der Regen stürzt, es fliehn die Gäste.

Und eh wir der verwelkten Pracht
Und der erloschenen Glut uns schämen,
Laß uns in dieser ernsten Nacht
Von unsrer Liebe Abschied nehmen.

Mittag im September

Es hält der blaue Tag
Für eine Stunde auf der Höhe Rast
Sein Licht hält jedes Ding umfaßt,
Wie man's in Träumen sehen mag:
Daß schattenlos die Welt,
In Blau und Gold gewiegt,
In lauter Duft und reifem Frieden liegt.

– Wenn auf dies Bild ein Schatten fällt! –

Kaum hast du es gedacht,
So ist die goldene Stunde
Aus ihrem leichten Traum erwacht,
Und bleicher wird, indes sie stiller lacht,
Und kühler wird die Sonne in der Runde.

Glück

Solang du nach dem Glücke jagst,
Bist du nicht reif zum Glücklichsein,
Und wäre alles Liebste dein.

Solang du um Verlornes klagst
Und Ziele hast und rastlos bist,
Weißt du noch nicht, was Friede ist.

Erst wenn du jedem Wunsch entsagst,
Nicht Ziel mehr noch Begehren kennst,
Das Glück nicht mehr mit Namen nennst,

Dann reicht dir des Geschehens Flut
Nicht mehr ans Herz, und deine Seele ruht.

Unterwegs

Und da ich über Wolken hoch am Berg
In leichten Lüften schritt und stieg,
Tat sich das Reich der Toten vor mir auf:
Von tausend fernen Ahnen ein Gewölk,
Ein Flimmerblitz unzähliger Geister.
Und wunderlich ergriff mich die Erkenntnis,
Daß ich kein Einzelner, kein Fremder bin,
Daß meine Seele, meiner Augen Blick,
Mein Mund und Ohr und meiner Schritte Takt
Nicht neu und nicht mein Eigen sind,
Auch nicht mein Wille, der mir Herr erschien.
Ein Strahl bin ich des Lichts, ein Blatt am Baum
Unzähliger Geschlechter, deren frühe Völker
In Wäldern lebten und auf Wanderung,
Und andrer, die von Krieg zu Krieg getobt,
Und wieder andrer, deren Wohnungen
Von Edelholz und Gold und Schmuck gebaut
In schönen Städten wundersam erglänzten.
Von ihnen her bis auf den stillen Blick,
Den meine Mutter hatte, die mir starb,
Ist alles nur ein unentrinnbar sichrer Weg
Zu mir gewesen, und derselbe Weg
Führt von mir weg in uferlose Zeiten
Zu Menschen, deren ferner Ahn ich bin
Und deren Leben meines in sich schließt.

Und da ich über Wolken hoch am Berg
In leichten Lüften schritt, ward mir mein Leben,
Mein schauend Auge und mein schlagend Herz
Ein köstlich Lehen, das ich dankbar trug,
Doch dessen Wert und Schönheit mir nicht eignet
Und darum nicht vergeht.
Und leise flog
Die kühle Höhenluft mir um die Stirn.

Berge in der Nacht

Der See ist erloschen,
Schwarz schläft das Ried,
Im Traume flüsternd.
Ungeheuer ins Land gedehnt
Drohen die hingestreckten Berge.
Sie ruhen nicht.
Sie atmen tief, und sie halten
Einer den andern an sich gedrückt.
Tief atmend,
Mit dumpfen Kräften beladen,
Unerlöst in verzehrender Leidenschaft.

Allein

Es führen über die Erde
Straßen und Wege viel,
Aber alle haben
Dasselbe Ziel.

Du kannst reiten und fahren
Zu zwein und zu drein,
Den letzten Schritt mußt du
Gehen allein.

Drum ist kein Wissen
Noch Können so gut,
Als daß man alles Schwere
Alleine tut.

Auf einem nächtlichen Marsch

Sturm und schräger Regenstrich,
Schwarze Felderweite,
Wolkenschatten feierlich
Geben uns Geleite.

Plötzlich aus erhelltem Schacht
Dunkler Wolkenhänge
Blickt die monderfüllte Nacht
Still in das Gedränge.

Himmelsinseln blauen rein,
Strenge Sterne grüßen,
Wolkenrand im Mondesschein
Wallt in Silberflüssen.

Seele, Seele, sei bereit!
Ferne Brüder rufen
Aus der Finsternis der Zeit
Dich zu goldnen Stufen.

Seele, nimm das Zeichen an,
Bade dich im Weiten!
Gott wird deine dunkle Bahn
Noch zum Lichte leiten.

Von einer asiatischen Reise

Nachtfest der Chinesen in Singapore

Bei den wehenden Lichtern
Oben auf dem bekränzten Balkon
Kauern sie ruhvoll in der festlichen Nacht,
Sprechen Lieder von lang verstorbenen Dichtern,
Horchen beglückt auf der Laute schwirrenden Ton,
Der die Augen der Mädchen schöner und größer macht.

Durch die sternlose Nacht klirrt die Musik
Gläsern wie Flügelschlag großer Libellen,
Braune Augen lachen in lautlosem Glück –
Keiner, der nicht ein Lächeln im Auge hat.
Drunten wartet schlaflos mit tausend hellen
Lichteraugen am Meere die glänzende Stadt.

Fluss im Urwald

Seit tausend Jahren fließt er durch den Wald
Und sieht der nackten braunen Menschen Hütten
Aus Holz und Rohrgeflecht erstehen und vergehn.
Sein braunes Wasser wälzt im steten Schwall
Laub und Geäst und dunklen Urwaldschlamm
Und gärt in brennend steilem Sonnenbrand.
Nachts kommt der Tiger und der Elefant
Und badet gierig seine schwülen Kräfte
Und brüllt in dumpfer Wollust durch den Wald.
Am Ufer rauscht im trüben Schlamm und Rohr
Das schwere Krokodil, heut wie vor tausend
Und hunderttausend Jahren; scheu und schlank
Bricht durch den Schilf der wilde Jaguar.

Hier leb ich stille Tag hin im Wald
In röhrener Hütte und im leichten Einbaum
Und selten rührt ein Klang der Menschenwelt
Verschlafene Erinnerungen wach.
Am Abend aber, wenn die rasche Nacht
Sich feindlich naht, steh ich am Strom und lausche
Und höre da und dort und nah und fern
Verirrten Laut,
Gesang von Menschenstimmen in der Nacht.
Das sind die Fischer und die Jäger, die
Im leichten Boot der Abend überrascht
Und denen kindlich tiefe Furcht das Herz erschlafft,
Furcht vor der Macht und vor dem Krokodil
Und vor den Geistern der Verstorbenen,
Die nachts sich regen überm schwarzen Strom.

Fremd ist das Lied und mir kein Wort vertraut,
Und klingt mir doch nicht anders als daheim
Am Rhein und Neckar mir ein Abendlied
Der Fischer oder Mägde klingt: ich atme Furcht
Und atme Sehnsucht, und der wilde Wald
Und fremde dunkle Fluß ist mir wie Heimat,
Weil hier wie überall, wo Menschen sind,
Sich zage Seelen ihren Göttern nähern,
Den Schreck der Nacht beschwörend durch ein Lied.
Heimkehrend in der Hütte kargen Schutz
Leg ich mich nieder, ringsum Wald und Nacht
Und gläsern schrillender Zikadensang,
Bis mich der Schlaf entführt und bis der Mond
Die bange Welt mit kühlem Schimmer tröstet.

An eine chinesische Sängerin

Auf dem stillen Flusse sind wir am Abend gefahren,
Rosig stand und beglänzt der Akazienbaum,
Rosig strahlten die Wolken. Ich aber sah sie kaum,
Sah nur die Pflaumenblüte in deinen Haaren.

Lächelnd saßest du vorn im geschmückten Boote,
Hieltest die Laute in der geübten Hand,
Sangest das Lied vom heiligen Vaterland,
Während in deinen Augen die Jugend lohte.

Schweigend stand ich am Mast und wünschte mir,
ohne Ende
Dieser glühenden Augen Sklave zu sein,
Ewig dem Liede zu lauschen in seliger Pein
Und dem beglückenden Spiel deiner blumenhaft
zarten Hände.

Auf Wanderung

Dem Andenken Knulps

Sei nicht traurig, bald ist es Nacht,
Da sehn wir über dem bleichen Land
Den kühlen Mond, wie er heimlich lacht,
Und ruhen Hand in Hand.

Sei nicht traurig, bald kommt die Zeit,
Da haben wir Ruh. Unsre Kreuzlein stehen
Am hellen Straßenrande zu zweit,
Und es regnet und schneit,
Und die Winde kommen und gehen.

Schicksal

Wir sind im Zorn und Unverstand
Wie Kinder tun, geschieden
Und haben uns gemieden,
Von blöder Scham gebannt.

Die Jahre gingen drüber her
Mit Reuen und mit Warten.
In unsern Jugendgarten
Führt keine Straße mehr.

Der Blütenzweig

Immer hin und wider
Strebt der Blütenzweig im Winde,
Immer auf und nieder
Strebt mein Herz gleich einem Kinde
Zwischen hellen, dunkeln Tagen,
Zwischen Wollen und Entsagen.

Bis die Blüten sind verweht
Und der Zweig in Früchten steht,
Bis das Herz, der Kindheit satt,
Seine Ruhe hat
Und bekennt: voll Lust und nicht vergebens
War das unruhvolle Spiel des Lebens.

Ski-Rast

Am hohen Hang zur Fahrt bereit,
Halt ich am Stab für Augenblicke Rast
Und seh geblendet weit und breit
Die Welt in blau und weißem Glast,
Seh oben schweigend Grat an Grat
Die Berge einsam und erfroren;
Hinabwärts ganz in Glanz verloren
Durch Tal um Tal stürzt der geahnte Pfad.
Betroffen halt ich eine Weile,
Von Einsamkeit und Stille übermannt,
Und gleite abwärts an der schrägen Wand
Den Tälern zu in atemloser Eile.

Ode an Hölderlin

Freund meiner Jugend, zu dir kehr ich voll Dankbarkeit
Manchen Abend zurück, wenn im Fliedergebüsch
Des entschlummerten Gartens
Nur der rauschende Brunnen noch tönt.

Keiner kennt dich, o Freund; weit hat die neuere Zeit
Sich von Griechenlands stillen Zaubern entfernt,
Ohne Gebet und entgöttert
Wandelt nüchtern das Volk im Staub.

Aber der heimlichen Schar innig Versunkener,
Denen der Gott die Seele mit Sehnsucht schlug,
Ihr erklingen die Lieder
Deiner göttlichen Harfe noch heut.

Sehnlich wenden wir uns, vom Tag Ermüdete,
Der ambrosischen Nacht deiner Gesänge zu,
Deren wehender Fittich
Uns beschattet mit goldenem Traum.

Ach, und glühender brennt, wenn dein Lied uns entzückt,
Schmerzlicher brennt nach der Vorzeit seligem Land,
Nach den Tempeln der Griechen
Unser ewiges Heimweh auf.

Im Grase liegend

Ist dies nun alles, Blumengaukelspiel
Und Farbenflaum der lichten Sommerwiese,
Zartblau gespannter Himmel, Bienensang,
Ist dies nun alles eines Gottes
Stöhnender Traum,
Schrei unbewußter Kräfte nach Erlösung?
Des Berges ferne Linie,
Die schön und kühn im Blauen ruht,
Ist denn auch sie nur Krampf,
Nur wilde Spannung gärender Natur,
Nur Weh, nur Qual, nur sinnlos tastende,
Nie rastende, nie selige Bewegung?
Ach nein! Verlaß mich du, unholder Traum
Vom Leid der Welt!
Dich wiegt ein Mückentanz im Abendglast,
Dich wiegt ein Vogelruf,
Ein Windhauch auf, der mir die Stirn
Mit Schmeicheln kühlt.
Verlaß mich du, uraltes Menschenweh!
Mag alles Qual,
Mag alles Leid und Schatten sein –
Doch diese eine süße Sonnenstunde nicht,
Und nicht der Duft vom roten Klee,
Und nicht das tiefe, zarte Wohlgefühl
In meiner Seele.

Ländlicher Friedhof

Über schiefen Kreuzen Efeuhang,
Sanfte Sonne, Duft und Bienensang.

Selig ihr, die ihr geborgen liegt,
An der guten Erde Herz geschmiegt!

Selig, die ihr sanft und namenlos,
Heimgekehrte, ruht im Mutterschoß!

Aber horch: aus Bienenflug und Blust
Atmet Lebensgier und Daseinslust,

Aus der Tiefe Wurzelträumen bricht
Längst erloschener Wesen Drang ans Licht,

Lebenstrümmer dunkel eingescharrt
Wandeln sich und heischen Gegenwart,

Und die Erdenmutter königlich
Rührt in drängenden Geburten sich.

Nein, der Friedenshort im Grabesschacht
Wiegt nicht schwerer als ein Traum der Nacht;

Trüber Rauch nur ist der Traum vom Tod,
Unter dem des Lebens Feuer loht.

In einer Sammlung ägyptischer Bildwerke

Aus den Edelsteinaugen
Blicket ihr still und ewig
Über uns späte Brüder hinweg.
Nicht Liebe scheint noch Verlangen
Euren schimmernd glatten Zügen bekannt.
Königlich und den Gestirnen verschwistert
Seid ihr Unbegreiflichen einst
Zwischen Tempeln geschritten,
Heiligkeit weht wie ein ferner Götterduft
Heut noch um eure Stirnen,
Würde um eure Knie;
Eure Schönheit atmet gelassen,
Ihre Heimat ist Ewigkeit.

Aber wir, eure jüngeren Brüder,
Taumeln gottlos ein irres Leben entlang,
Allen Qualen der Leidenschaft,
Jeder brennenden Sehnsucht
Steht unsre zitternde Seele gierig geöffnet.
Unser Ziel ist der Tod,
Unser Glaube Vergänglichkeit,
Keiner Zeitenferne
Trotzt unser flehendes Bildnis.
Dennoch tragen auch wir
Heimlicher Seelenverwandtschaft Merkmal
In die Seele gebrannt,
Ahnen Götter und fühlen vor euch,
Schweigende Bilder der Vorzeit,
Furchtlose Liebe. Denn sehet,
Uns ist kein Wesen verhaßt, auch der Tod nicht,
Leiden und Sterben
Schreckt unsre Seele nicht,
Weil wir tiefer zu lieben gelernt!

Unser Herz ist des Vogels,
Ist des Meeres und Walds, und wir nennen
Sklaven und Elende Brüder,
Nennen mit Liebesnamen noch Tier und Stein.
So auch werden die Bildnisse
Unsres vergänglichen Seins
Nicht im harten Steine uns überdauern;
Lächelnd werden sie schwinden
Und im flüchtigen Sonnenstaub
Jeder Stunde zu neuen Freuden und Qualen
Ungeduldig und ewig auferstehn.

An die Melancholie

Zum Wein, zu Freunden bin ich dir entflohn,
Da mir vor deinem dunklen Auge graute,
In Liebesarmen und beim Klang der Laute
Vergaß ich dich, dein ungetreuer Sohn.

Du aber gingest mir verschwiegen nach
Und warst im Wein, den ich verzweifelt zechte,
Warst in der Schwüle meiner Liebesnächte
Und warest noch im Hohn, den ich dir sprach.

Nun kühlst du die erschöpften Glieder mir
Und hast mein Haupt in deinen Schoß genommen,
Da ich von meinen Fahrten heimgekommen:
Denn all mein Irren war ein Weg zu dir.

Weisse Rose in der Dämmerung

Traurig lehnst du dein Gesicht
Übers Laub, dem Tod ergeben,
Atmest geisterhaftes Licht,
Lässest bleiche Träume schweben.

Aber innig wie Gesang
Weht im letzten leisen Schimmer
Noch den ganzen Abend lang
Dein geliebter Duft durchs Zimmer.

Deine kleine Seele wirbt
Ängstlich um das Namenlose,
Und sie lächelt, und sie stirbt
Mir am Herzen, Schwester Rose.

Meinem Bruder

Wenn wir jetzt die Heimat wieder sehen,
Gehen wir bezaubert durch die Stuben,
Bleiben lang im alten Garten stehen,
Wo wir einst gespielt als wilde Buben.

Und von jenen Herrlichkeiten allen,
Die wir draußen in der Welt erbeutet,
Will uns keine freun mehr und gefallen,
Wenn daheim die Kirchenglocke läutet.

Stille gehen wir die alten Wege
Durch das grüne Land der Kindertage,
Und sie werden uns im Herzen rege
Fremd und groß wie eine schöne Sage.

Ach, und alles, was auf uns mag warten,
Wird den reinen Glanz doch nicht mehr haben
Wie vorzeiten, da wir noch als Knaben
Falter fingen, jeder Tag im Garten.

Ankunft in Cremona

Der Regen singt, die Ebene liegt voll Nacht,
In hohen Bäumen rauscht es naß und kühl,
Zart tropfen Glockentöne vom Gestühl
Und schlafen ein, vom Regen leis verlacht.

Durch frohe Gassen bei Laternenschein
Zieh ich gelassen in die fremde Stadt,
Gewölbe dunkeln, Fenster schimmern matt,
Friedvolle Bürger sitzen still beim Wein.

Ein Bogengang hallt auf von meinem Tritt,
Und eine Treppe leitet mich gemach
In ein Gewölb', an Säulen hin, und schwach
Läuft überm feuchten Stein mein Schatten mit.

Weit öffnet nun die Halle ihren Schacht,
Erschrocken halt ich: riesig Bau an Bau
Ragt Dom, Turm und Palast, darüber blau
Und schweigsam brütet ungeheure Nacht.

Und kaum erschaut, ist alles wie bekannt
Und klingt beseligt dem erstaunten Blick
Wohllaut und rein entgegen wie Musik,
Hell wie ein Lied aus Paradiesesland.

Erträumt von Menschen einer andern Zeit
Steht Dom, Turm und Palast voll Majestät
Und spricht zu mir, und aus den Säulen weht
Und aus den Bogen lächelt Ewigkeit.

Beim Schlafengehen

Nun der Tag mich müd gemacht,
Soll mein sehnliches Verlangen
Freundlich die gestirnte Nacht
Wie ein müdes Kind empfangen.

Hände laßt von allem Tun,
Stirn vergiß du alles Denken,
Alle meine Sinne nun
Wollen sich in Schlummer senken.

Und die Seele unbewacht
Will in freien Flügen schweben,
Um im Zauberkreis der Nacht
Tief und tausendfach zu leben.

Frühlingstag

Wind im Gesträuch und Vogelpfiff
Und hoch im höchsten süßen Blau
Ein stilles, stolzes Wolkenschiff . . .
Ich träume von einer blonden Frau,
Ich träume von meiner Jugendzeit,
Der hohe Himmel blau und weit
Ist meiner Sehnsucht Wiege,
Darin ich stillgesinnt
Und selig warm
Mit leisem Summen liege,
So wie in seiner Mutter Arm
Ein Kind.

Keine Rast

Seele, banger Vogel du,
Immer wieder mußt du fragen:
Wann nach so viel wilden Tagen
Kommt der Friede, kommt die Ruh?

O ich weiß: kaum haben wir
Unterm Boden stille Tage,
Wird vor neuer Sehnsucht dir
Jeder liebe Tag zur Plage.

Und du wirst, geborgen kaum,
Dich um neue Leiden mühen
Und voll Ungeduld den Raum
Als der jüngste Stern durchglühen.

Feierliche Abendmusik

Allegro

Gewölk zerreißt; vom glühenden Himmel her
Irrt taumelndes Licht über geblendete Täler.
Mitgeweht vom föhnigen Sturm
Flieh ich mit unermüdetem Schritt
Durch ein bewölktes Leben.
Oh, daß nur immer für Augenblicke
Zwischen mir und dem ewigen Licht
Gütig ein Sturm die grauen Nebel verweht!
Fremdes Land umgibt mich,
Losgerissen treibt von der Heimat fern
Mich des Schicksals mächtige Woge umher.
Jage die Wolken, Föhn,
Reiße die Schleier hinweg,
Daß mir Licht auf die zweifelnden Pfade falle!

Andante

Immer wieder tröstlich
Und immer neu in ewiger Schöpfung Glanz
Lacht mir die Welt ins Auge,
Lebt und regt sich in tausend atmenden Formen,
Flattert Falter im sonnigen Wind,
Segelt Schwalbe in seliger Bläue,
Strömt Meerflut am felsigen Strand.
Immer wieder ist Stern und Baum,
Ist mir Wolke und Vogel nahe verwandt,
Grüßt mich als Bruder der Fels,
Ruft mir freundschaftlich das unendliche Meer.
Unverstanden führt mich mein Weg
Einer blau verlorenen Ferne zu,
Nirgend ist Sinn, nirgend ist sicheres Ziel –
Dennoch redet mir jeder Waldbach,
Jede summende Fliege von tiefem Gesetz,
Heiliger Ordnung,
Deren Himmelsgewölb' auch mich überspannt,
Deren heimliches Tönen
Wie im Gang der Gestirne
So auch in meines Herzens Taktschlag klingt.

Adagio

Traum gibt, was Tag verschloß;
Nachts, wenn der Wille erliegt,
Streben befreite Kräfte empor,
Göttlicher Ahnung folgend.
Wald rauscht und Strom, und durch der regen Seele
Nachtblauen Himmel Wetterleuchten weht.
In mir und außer mir
Ist ungeschieden, Welt und ich ist eins.
Wolke weht durch mein Herz,
Wald träumt meinen Traum,
Haus und Birnbaum erzählt mir
Die vergessene Sage gemeinsamer Kindheit.
Ströme hallen und Schluchten schatten in mir,
Mond ist und bleicher Stern mein vertrauter Gespiele.
Aber die milde Nacht,
Die sich über mich mit sanftem Gewölke neigt,
Hat meiner Mutter Gesicht,
Küßt mich lächelnd in unerschöpflicher Liebe,
Schüttelt träumerisch wie in alter Zeit
Ihr geliebtes Haupt, und ihr Haar
Wallt durch die Welt, und es zittern
Blaß aufzuckend darin die tausend Sterne.

Bhagavad Gita

September 1914

Wieder lag ich schlaflos Stund um Stund,
Unbegriffenen Leids die Seele voll und wund.

Brand und Tod sah ich auf Erden lodern,
Tausende unschuldig leiden, sterben, modern.

Und ich schwor dem Kriege ab im Herzen
Als dem blinden Gott sinnloser Schmerzen.

Sieh, da klang mir in der Stunde trüber
Einsamkeit Erinnerung herüber,

Und es sprach zu mir den Friedensspruch
Ein uraltes indisches Götterbuch:

«Krieg und Friede, beide gelten gleich,
Denn kein Tod berührt des Geistes Reich.

Ob des Friedens Schale steigt, ob fällt,
Ungemindert bleibt das Weh der Welt.

Darum kämpfe du und lieg nicht stille;
Daß du Kräfte regst, ist Gottes Wille!

Doch ob dein Kampf zu tausend Siegen führt,
Das Herz der Welt schlägt weiter unberührt.»

Friede

Oktober 1914

Jeder hat's gehabt,
Keiner hat's geschätzt,
Jeden hat der süße Quell gelabt,
O wie klingt der Name Friede jetzt!

Klingt so fern und zag,
Klingt so tränenschwer,
Keiner weiß und kennt den Tag,
Jeder sehnt ihn voll Verlangen her.

Sei willkommen einst,
Erste Friedensnacht,
Milder Stern, wenn endlich du erscheinst
Überm Feuerdampf der letzten Schlacht.

Dir entgegen blickt
Jede Nacht mein Traum,
Ungeduldig rege Hoffnung pflückt
Ahnend schon die goldne Frucht vom Baum.

Sei willkommen einst,
Wenn aus Blut und Not
Du am Erdenhimmel uns erscheinst,
Einer andern Zukunft Morgenrot!

Neues Erleben

Wieder seh ich Schleier sinken,
Und Vertrautestes wird fremd,
Neue Sternenräume winken,
Seele schreitet traumgehemmt.

Abermals in neuen Kreisen
Ordnet sich um mich die Welt,
Und ich seh mich eiteln Weisen
Als ein Kind hineingestellt.

Doch aus früheren Geburten
Zuckt entfernte Ahnung her:
Sterne sanken, Sterne wurden,
Und der Raum war niemals leer.

Seele beugt sich und erhebt sich,
Atmet in Unendlichkeit,
Aus zerrißnen Fäden webt sich
Neu und schöner Gottes Kleid.

Süden

Kühler Gassen enge Schattenkluft,
Meerkristall und heiter-helle Luft,
Silberbäume wehn in strengen Gärten.
Kindermenschen treiben Markt und Kram,
Armut sonnt sich frei und ohne Scham
An den Mauern bei den Goldlazerten.

Alles wie ich's graue Monde lang
Mir gemalt in Sehnsucht, Traum, Gesang,
Alles heiter und dem Glück erschlossen:
Gastlich wölben Bogen sich in Reihn,
Südfrucht duftet herb und roter Wein,
Prahlerisch im Überfluß vergossen.

Drüben überm weißen Bergesrand
Sucht mein Herz das ferne Vaterland,
Kühles Reich der Wolken und der Winde.
Nimmer wird der süße Süden mein,
Nimmer läßt das Paradies mich ein,
Nimmer wird der Mann zum Kinde.

Tag im Gebirg

Singe, mein Herz, heut ist deine Stunde!
Morgen, da liegst du tot:
Sterne scheinen, du siehst sie nicht,
Vögel singen, du hörst sie nicht –
Singe, mein Herz, solang deine Stunde loht,
Deine flüchtige Stunde!

Sonne lacht überm sternig flimmernden Schnee,
Wolken ruhen fern überm Tale im Kranz,
Alles ist neu, alles ist Glut und Glanz,
Kein Schatten drückt, keine Sorge tut weh.
Atmen tut wohl, Atmen ist Seligkeit,
Ist Gebet und Gesang,
Atme, Seele, öffne der Sonne dich weit
Deine flüchtige Stunde lang!

Süß ist Leben, süß ist Wonne und Schmerz,
Selig jede verstäubende Flocke im Wind,
Selig bin ich, ich bin der Schöpfung Herz,
Bin der Erde und Sonne geliebtestes Kind
Eine Stunde lang,
Eine lachende Stunde lang,
Bis die Flocke verstiebt im Wind.

Singe, mein Herz, heut ist deine Stunde!
Morgen, da liegst du tot:
Sterne scheinen, du siehst sie nicht,
Vögel singen, du hörst sie nicht –
Singe, mein Herz, solang deine Stunde loht,
Deine flüchtige Stunde.

An die Freunde in schwerer Zeit

Auch in diesen dunklern Stunden,
Liebe Freunde, laßt mich gelten;
Ob ich's hell, ob trüb gefunden,
Nie will ich das Leben schelten.

Sonnenschein und Ungewitter
Sind desselben Himmels Mienen;
Schicksal soll, ob süß ob bitter,
Mir als liebe Speise dienen.

Seele geht verschlungene Pfade,
Lernet ihre Sprache lesen!
Morgen preist sie schon als Gnade,
Was ihr heute Qual gewesen.

Sterben können nur die Rohen,
Andre will die Gottheit lehren,
Aus dem Niedern, aus dem Hohen
Seelenhaften Sinn zu nähren.

Erst auf jenen letzten Stufen
Dürfen wir uns Ruhe gönnen,
Wo wir, väterlich gerufen,
Schon den Himmel schauen können.

Schicksalstage

Wenn die trüben Tage grauen,
Kalt und feindlich blickt die Welt,
Findet scheu sich dein Vertrauen
Ganz auf dich allein gestellt.

Aber in dich selbst verwiesen
Aus der alten Freuden Land,
Siehst du neuen Paradiesen
Deinen Glauben zugewandt.

Als dein Eigenstes erkennst du,
Was dir fremd und feind erschien,
Und mit neuen Namen nennst du
Dein Geschick und nimmst es hin.

Was dich zu erdrücken drohte,
Zeigt sich freundlich, atmet Geist,
Ist ein Führer, ist ein Bote,
Der dich hoch und höher weist.

Beim Wiederlesen des Maler Nolten

Bescheiden klopf ich wieder an dein Tor
Und tret in den geliebten Garten ein,
Da atm ich meiner Jugend Lieblingsflor
Aufs neue mit geschärften Sinnen ein.

Herüber duftet aus der Jugendzeit
Begeisterung entrückter Lesestunden,
Doch hab ich nie so tief wie jetzt im Leid
Geliebter Dichtung innigen Wert empfunden.

Aus kühlen Grotten ruft mir Blütenglut
Und süße Leidenschaft ihr Lied ins Herz,
Und heilig wird, was sonst so wehe tut;
Die Dichtung winkt, und lächeln lernt der Schmerz.

Blume, Baum, Vogel

Bist allein im Leeren,
Glühst einsam, Herz,
Grüßt dich am Abgrund
Dunkle Blume Schmerz.

Reckt seine Äste
Der hohe Baum Leid,
Singt in den Zweigen
Vogel Ewigkeit.

Blume Schmerz ist schweigsam,
Findet kein Wort,
Der Baum wächst bis in die Wolken,
Und der Vogel singt immerfort.

Frühling in Locarno

Wipfel wehn in dunklem Feuer,
Im vertrauensvollen Blau
Zeigt sich kindlicher und neuer
Alles aufgetan zur Schau.

Alte oftbegangne Stufen
Schmeicheln klug den Berg hinan,
Von verbrannter Mauer rufen
Frühste Blumen zart mich an.

Bergbach wühlt in grünen Kressen,
Felsen tropft und Sonne leckt,
Sieht mich willig zu vergessen,
Daß die Fremde bitter schmeckt.

Regen

Lauer Regen, Sommerregen
Rauscht von Büschen, rauscht von Bäumen,
Oh, wie gut und voller Segen,
Einmal wieder satt zu träumen!

War so lang im Hellen draußen,
Ungewohnt ist mir dies Wogen:
In der eignen Seele hausen,
Nirgend fremdwärts hingezogen.

Nichts begehr ich, nichts verlang ich,
Summe leise Kindertöne,
Und verwundert heim gelang ich
In der Träume warme Schöne.

Herz, wie bist du wundgerissen,
Und wie selig, blind zu wühlen,
Nicht zu denken, nicht zu wissen,
Nur zu fühlen, nur zu fühlen!

Erschütterung

Trübe ward mir plötzlich der Wein im Becher,
Müde saß ich und mußte zu Boden schauen,
Fühlte mein Herz stillstehn und mein Haar ergrauen.
Lärmend lachten im Saal meine Freunde, die Zecher.

Da im Fenster erschien meiner Jugend Vertrauter,
Glänzender Mond, und schien die Halle zu dehnen,
Blitzte im Kelch und in meinen ausbrechenden Tränen.
Meine Freunde, die Zecher, sangen und jubelten lauter.

Stund und Stunde nun wandr ich und fühle die Winde
Ferner Sommer auf meinen brennenden Wangen,
Summe die Lieder, die einst wir als Knaben sangen,
Denke der Heimat und weiß, daß ich nie mehr sie finde.

EINSAMER ABEND

In der leeren Flasche und im Glas
Wankt der Kerze Schimmer;
Es ist kalt im Zimmer.
Draußen fällt der Regen weich ins Gras.
Wieder legst du nun zu kurzer Ruh
Frierend dich und traurig nieder.
Morgen kommt und Abend wieder,
Kommen immer wieder,
Aber niemals du.

Die Nacht

Blume duftet im Tal,
Ferne Blume der Kindheit,
Die nur selten dem Träumer
Ihre verborgenen Kelche öffnet
Und das Innre, Abbild der Sonne, zeigt.
Auf den blauen Gebirgen
Wandelt die blinde Nacht,
Überm Schoß das dunkle Gewand gerafft,
Streut sie ziellos und lächelnd
Ihre Gaben, die Träume, aus.
Unten lagern, vom Tag verbrannt,
Schlafende Menschen;
Ihre Augen sind voller Traum,
Seufzend wenden viele das Antlitz
Hin nach der Blume der Kindheit,
Deren Duft sie zärtlich ins Dunkel lockt
Und dem väterlich strengen
Ruf des Tages tröstlich entfremdet.
Rast des Ermüdeten ist's,
In der Mutter Umarmung zurückzufliehn,
Die mit lässigen Händen
Über das Haar dem Träumenden streicht.
Kinder sind wir, rasch macht die Sonne uns müd,
Die uns doch Ziel und heilige Zukunft ist,
Und aufs neue an jedem Abend
Fallen wir klein in der Mutter Schoß,
Lallen Namen der Kindheit,
Tasten den Weg zu den Quellen zurück.
Auch der einsame Sucher,
Der den Flug zur Sonne sich vorgesetzt,
Taumelt, auch er, um die Mitternacht
Rückwärts seiner fernen Herkunft entgegen.

Und der Schläfer, wenn ihn ein Angsttraum weckt,
Ahnt im Dunkeln mit irrer Seele
Zögernde Wahrheit:
Jeder Lauf, ob zur Sonne oder zur Nacht,
Führt zum Tode, führt zu neuer Geburt,
Deren Schmerzen die Seele scheut.
Aber alle gehen den Weg,
Alle sterben, alle werden geboren,
Denn die ewige Mutter
Gibt sie ewig dem Tag zurück.

Im vierten Kriegsjahr

Wenn auch der Abend kalt und traurig ist
Und Regen rauscht,
Ich singe doch mein Lied zu dieser Frist,
Weiß nicht, wer lauscht.

Wenn auch die Welt in Krieg und Angst erstickt,
An manchem Ort
Brennt heimlich doch, ob niemand sie erblickt,
Die Liebe fort.

Verlorenheit

Nachtwandler, tast ich mich durch Wald und Schlucht,
Phantastisch um mich glüht ein Zauberkreis,
Nicht achtend, ob umworben, ob verflucht,
Folg ich getreu dem inneren Geheiß.

Wie oft hat mich die Wirklichkeit geweckt,
In der ihr lebt, und mich zu sich befohlen!
Ich stand in ihr ernüchtert und erschreckt
Und habe bald mich wieder fortgestohlen.

O warme Heimat, der ihr mich entzieht,
O Liebestraum, aus dem ihr mich gestört,
Zu dir zurück auf tausend Schlichen flieht
Mein Wesen, wie zum Meer das Wasser kehrt.

Mich leiten heimlich Quellen mit Gesang,
Traumvögel rühren glänzendes Gefieder;
Aufklingt aufs neue meiner Kindheit Klang,
Im Goldgeflecht, im süßen Bienensang
Find ich mich endlich bei der Mutter wieder.

Bekenntnis

Holder Schein, an deine Spiele
Sieh mich willig hingegeben;
Andre haben Zwecke, Ziele,
Mir genügt es schon, zu leben.

Gleichnis will mir alles scheinen,
Was mir je die Sinne rührte,
Des Unendlichen und Einen,
Das ich stets lebendig spürte.

Solche Bilderschrift zu lesen,
Wird mir stets das Leben lohnen,
Denn das Ewige, das Wesen,
Weiß ich in mir selber wohnen.

Weg nach innen

Wer den Weg nach innen fand,
Wer in glühndem Sichversenken
Je der Weisheit Kern geahnt,
Daß sein Sinn sich Gott und Welt
Nur als Bild und Gleichnis wähle:
Ihm wird jedes Tun und Denken
Zwiegespräch mit seiner eignen Seele,
Welche Welt und Gott enthält.

Bücher

Alle Bücher dieser Welt
Bringen dir kein Glück,
Doch sie weisen dich geheim
In dich selbst zurück.

Dort ist alles, was du brauchst,
Sonne, Stern und Mond,
Denn das Licht, danach du frugst,
In dir selber wohnt.

Weisheit, die du lang gesucht
In den Büchereien,
Leuchtet jetzt aus jedem Blatt –
Denn nun ist sie dein.

Regenzeit

Lange hab ich nun dem Regenlied gelauscht,
Tagelang und viele Nächte lang,
Wie es schwebend hängt und träumend rauscht,
Eingehüllt in ewig gleichen Klang.

Ähnlich klang mir einst im fernsten Reich
Der Chinesen gleitende Musik,
Heimchendünn und hoch und ewig gleich,
Doch voll Reiz in jedem Augenblick.

Regenrauschen und Chinesenlied,
Wasserfallmusik und Meeresklang,
Welche Macht ist's, die mich wieder zieht
Euren Zaubern nach die Welt entlang?

Eure Seele ist der ewige Ton,
Der nicht Zeit und der nicht Wechsel kennt,
Dessen Heimat wir vorzeit entflohn,
Dessen Nachklang uns im Herzen brennt.

Abends

Abends gehn die Liebespaare
Langsam durch das Feld,
Frauen lösen ihre Haare,
Händler zählen Geld,
Bürger lesen bang das Neuste
In dem Abendblatt,
Kinder ballen kleine Fäuste,
Schlafen tief und satt.
Jeder tut das einzig Wahre,
Folgt erhabner Pflicht,
Säugling, Bürger, Liebespaare –
Und ich selber nicht?

Doch! Auch meiner Abendtaten,
Deren Sklav' ich bin,
Kann der Weltgeist nicht entraten,
Sie auch haben Sinn.
Und so geh ich auf und nieder,
Tanze innerlich,
Summe dumme Gassenlieder,
Lobe Gott und mich,
Trinke Wein und phantasiere,
Daß ich Pascha wär,
Fühle Sorgen an der Niere,
Lächle, trinke mehr,
Sage ja zu meinem Herzen
(Morgens geht es nicht),
Spinne aus vergangenen Schmerzen
Spielend ein Gedicht,
Sehe Mond und Sterne kreisen,
Ahne ihren Sinn,
Fühle mich mit ihnen reisen
Einerlei wohin.

Erwachen in der Nacht

Mond vom Fenster weckte mich,
Schlafbeschwerte Augen ringen,
In der Blässe feierlich
Ahn ich neue Träume schwingen.

Da und dort ein Hell und Weiß,
Hinter allem blaue Schwärzen,
Glasig spiegelndes Gegleiß,
Teufelsschwanz und fromme Kerzen.

Aus dem Hell und Dunkel baut
Traumgeist schweigende Paläste,
Block und Beil, bekränzte Braut,
Tänzerinnen, Räusche, Feste.

Und die Seele reißt entzückt
An den morschen Wirklichkeiten,
Um hinüber neu beglückt
In ihr eignes Reich zu gleiten.

Sommernacht

Die Bäume tropfen vom Gewitterguß,
Im nassen Laub glänzt Mondlicht kühlvertraut,
Vom Tal herauf der unsichtbare Fluß
Tönt dunkel her mit ruhelosem Laut.

Jetzt im Gehöfte schlagen Hunde an –
O Sommernacht und halbverhangene Sterne,
Wie reißt es mir auf eurer bleichen Bahn
Das Herz hinaus in Reiserausch und Ferne!

Bruder Tod

Auch zu mir kommst du einmal,
Du vergißt mich nicht,
Und zu Ende ist die Qual,
Und die Kette bricht.

Noch erscheinst du fremd und fern,
Lieber Bruder Tod,
Stehest als ein kühler Stern
Über meiner Not.

Aber einmal wirst du nah
Und voll Flammen sein –
Komm, Geliebter, ich bin da,
Nimm mich, ich bin dein.

Die Welt unser Traum

Nachts im Traum die Städt' und Leute,
Ungeheuer, Luftgebäude,
Alle, weißt du, alle steigen
Aus der Seele dunklem Raum,
Sind dein Bild und Werk, dein eigen,
Sind dein Traum.

Geh am Tag durch Stadt und Gassen,
Schau in Wolken, in Gesichter,
Und du wirst verwundert fassen:
Sie sind dein, du bist ihr Dichter!
Alles, was vor deinen Sinnen
Hundertfältig lebt und gaukelt,
Ist ja dein, ist in dir innen,
Traum, den deine Seele schaukelt.

Durch dich selber ewig schreitend,
Bald beschränkend dich, bald weitend,
Bist du Redender und Hörer,
Bist du Schöpfer und Zerstörer.
Zauberkräfte, längst vergeßne,
Spinnen heiligen Betrug,
Und die Welt, die unermeßne,
Lebt von deinem Atemzug.

Aus der Kindheit her

Aus der Kindheit her
Weht ein Klang mir nach,
Der mir einst die Seligkeit versprach –
Ohne ihn wär Leben viel zu schwer.
Tönt sein Zauber nicht,
Steh ich ohne Licht,
Sehe Angst und Dunkel rings umher.
Aber immer wieder durch das Leid,
Das ich mir erwarb,
Klingt der süße Ton voll Seligkeit,
Den kein Weh und keine Schuld verdarb.
Liebe Stimme du,
Licht in meinem Haus,
Lösche niemals wieder aus,
Tu die blauen Augen niemals zu!
Sonst verliert die Welt
Allen holden Schein,
Stern um Sternlein fällt,
Und ich steh allein.

Angst in der Nacht

Die Uhr spricht ängstlich mit dem Spinnweb an der Wand,
Am Laden reißt der Wind,
Meine flackernden Kerzen sind
Ganz vertropft und heruntergebrannt,
Kein Wein im Glase mehr,
Schatten in allen Ecken,
Deren lange Finger sich nach mir strecken.
Wie in der Kinderzeit
Schließ ich die Augen und atme schwer,
Angst hält mich kauernd im Stuhl gefangen.
Aber keine Mutter kommt mehr,
Keine gute, scheltende Magd mehr gegangen,
Die mich am Arm nimmt und mir die schreckliche Welt
Freundlich entzaubert und neu mit Trost erhellt.
Lange bleib ich im Finstern kauern,
Höre den Wind im Dach und den knisternden Tod
in den Mauern,
Höre Sand hinter Tapeten rinnen,
Höre den Tod mit frierenden Fingern spinnen,
Reiße die Augen auf, will ihn sehen und greifen,
Sehe ins Leere und höre ihn fern
Aus den spöttischen Lippen leise pfeifen,
Taste zum Bett – schliefe, schliefe so gern!
Aber Schlaf ist ein scheuer Vogel geworden,
Schwer zu fangen, zu halten, doch leicht zu morden;
Pfeifend fährt er, die Stimme voll bittrem Hohn,
Sausenden Fluges im zerrenden Winde davon.

Vergänglichkeit

Vom Baum des Lebens fällt
Mir Blatt um Blatt,
O taumelbunte Welt,
Wie machst du satt,
Wie machst du satt und müd,
Wie machst du trunken!
Was heut noch glüht,
Ist bald versunken.
Bald klirrt der Wind
Über mein braunes Grab,
Über das kleine Kind
Beugt sich die Mutter herab.
Ihre Augen will ich wiedersehn,
Ihr Blick ist mein Stern,
Alles andre mag gehn und verwehn,
Alles stirbt, alles stirbt gern.
Nur die ewige Mutter bleibt,
Von der wir kamen,
Ihr spielender Finger schreibt
In die flüchtige Luft unsre Namen.

Verzückung

Biegt sich in berauschter Nacht
Mir entgegen Wald und Ferne,
Atm ich Blau und kühle Sterne
Und der Träume wunde Pracht,
O dann liegt die trunkne Welt
Wie ein Weib an meinem Herzen,
Lodert in verzückten Schmerzen,
Deren Schrei betörend gellt.
Und aus fernsten Tiefen her
Tiergestöhn und Flügelschlagen,
Nachklang aus verschollnen Tagen
Grüner Jugendzeit am Meer,
Opferschrei und Menschenblut,
Feuertod und Klosterzelle,
Alles meines Blutes Welle,
Alles heilig, alles gut!
Nichts ist außen, nichts ist innen,
Nichts ist unten, nichts ist oben,
Alles Feste will zerrinnen,
Alle Grenzen sind zerstoben.
Sterne gehn in meiner Brust,
Seufzer gehn am Himmel unter,
Jedes Lebens Herz und Lust
Brennt entzückter, flackert bunter.
Jeder Rausch ist mir willkommen,
Offen steh ich jeder Pein,
Ströme betend, hingenommen
Mit ins Herz der Welt hinein.

Herbst

Ihr Vögel im Gesträuch,
Wie flattert euer Gesang
Den bräunenden Wald entlang –
Ihr Vögel, sputet euch!

Bald kommt der Wind, der weht,
Bald kommt der Tod, der mäht,
Bald kommt das graue Gespenst und lacht,
Daß uns das Herz erfriert
Und der Garten all seine Pracht
Und das Leben all seinen Glanz verliert.

Liebe Vögel im Laub,
Liebe Brüderlein,
Lasset uns singen und fröhlich sein,
Bald sind wir Staub.

Gang im Spätherbst

Herbstregen hat im grauen Wald gewühlt,
Im Morgenwind aufschauert kalt das Tal,
Hart fallen Früchte vom Kastanienbaum
Und bersten auf und lachen feucht und braun.

In meinem Leben hat der Herbst gewühlt,
Zerfetzte Blätter zerrt der Wind davon
Und rüttelt Ast um Ast – wo ist die Frucht?

Ich blühte Liebe, und die Frucht war Leid.
Ich blühte Glaube, und die Frucht war Haß.
An meinen dürren Ästen reißt der Wind,
Ich lach ihn aus, noch halt ich Stürmen stand.

Was ist mir Frucht? Was ist mir Ziel! – Ich blühte,
Und Blühen war mein Ziel. Nun welk ich,
Und Welken ist mein Ziel, nichts andres,
Kurz sind die Ziele, die das Herz sich steckt.

Gott lebt in mir, Gott stirbt in mir, Gott leidet
In meiner Brust, das ist mir Ziel genug.
Weg oder Irrweg, Blüte oder Frucht,
Ist alles eins, sind alles Namen nur.

Im Morgenwind aufschauert kalt das Tal,
Hart fallen Früchte vom Kastanienbaum
Und lachen hart und hell. Ich lache mit.

Alle Tode

Alle Tode bin ich schon gestorben,
Alle Tode will ich wieder sterben,
Sterben den hölzernen Tod im Baum,
Sterben den steinernen Tod im Berg,
Irdenen Tod im Sand,
Blätternen Tod im knisternden Sommergras
Und den armen, blutigen Menschentod.

Blume will ich wieder geboren werden,
Baum und Gras will ich wieder geboren werden,
Fisch und Hirsch, Vogel und Schmetterling.
Und aus jeder Gestalt
Wird mich Sehnsucht reißen die Stufen
Zu den letzten Leiden,
Zu den Leiden des Menschen hinan.

O zitternd gespannter Bogen,
Wenn der Sehnsucht rasende Faust
Beide Pole des Lebens
Zueinander zu biegen verlangt!
Oft noch und oftmals wieder
Wirst du mich jagen von Tod zu Geburt
Der Gestaltungen schmerzvolle Bahn,
Der Gestaltungen herrliche Bahn.

Schmerzen

Im Kamin krümmt sich in Schmerzen das brennende Scheit,
Glutschrift läuft schaudernd ihm über die aschige Haut.
Draußen die Nacht stürmt feucht und leidet so laut,
Wie ein Tier in Qualen nach Tod und Erbarmen schreit.

Ich inmitten kaure im flackernden Licht am Kamin,
Unerträglich scheint mein Geschick der zitternden Seele,
Über mein Herz läuft Schauer um Schauer hin,
Feuer des Leids, in dem ich brennend mich quäle.

Wie das flammende Scheit und wie die klagende Nacht
Gibt das Herz sich aufzuckend dem grimmigen Feinde hin,
Jenem Leide, in dem wir ergeben und machtlos glühn,
Das uns Flamme und Scheit, Sturm und Tierschrei
zu Brüdern macht.

Südlicher Sommer

Kastanienblüte, abendlicher Hain,
Im lauen Nachtwind läuten unsre Becher,
Halbmond im Laub, im Wald wir stillen Zecher –
Zum dunkeln Himmel auf glüht unser Wein.

Wir flüchtige Blumen glühn den Sommer lang:
Trink mich, Geliebte! Holde, laß dich trinken!
Mit unsern heißen Sommerfackeln winken
Wir Liebende zum Sommernachtgesang.
O Eulenruf, o dunkles Herz der Nacht,
Nachtfalter du im lichten Oleander,
Wir glühn verbrennend, Bruder, ineinander,
Sind selige Opfer, Göttern dargebracht.
Kling auf, Gesang vom Leben und vom Tod,
Die Becher läuten, unsre Stunde loht!

Nächtlicher Weg

Schuh um Schuh im Finstern setz ich,
Nacht umgibt mich sanft und groß,
An betauter Mauer netz ich
Hand und Stirn im feuchten Moos.

Dunkel gegen Luft und Sterne
Wiegt sich der Akazienbaum,
Lichter blitzen in der Ferne,
Doch die Nähe ahn ich kaum.

Liebe zieht am Zauberfaden
Alle Ferne mir ans Herz,
Pol-Stern rufen und Plejaden
Ihren Bruder himmelwärts.

Aller Welt bin ich verbunden,
Allem Leben aufgetan,
Habe neu die Bahn gefunden,
Die mich hält im Weltenplan.

Liebeslied

Ich bin der Hirsch und du das Reh,
Der Vogel du und ich der Baum,
Die Sonne du und ich der Schnee,
Du bist der Tag und ich der Traum.

Nachts aus meinem schlafenden Mund
Fliegt ein Goldvogel zu dir,
Hell ist seine Stimme, sein Flügel bunt,
Der singt dir das Lied von der Liebe,
Der singt dir das Lied von mir.

Heimkehr

Von langer Reise zurückgekommen
In kalter Stube finde ich wartende Post,
Setze mich, öffne die Briefe beklommen,
Schnaube Qualm in den dumpfen Frost.

Ach, was schreibt ihr mir alle die Briefe,
Fremde Menschen, Pilger und Sucher wie ich?!
– Wenn hinter allem nicht Nacht und Geheimnis schliefe,
Wie wäre das Leben öde und schauerlich!

Eure Briefe schicht ich im schwarzen Kamin zusammen,
Weiß keine Antwort auf das, was ihr alle fragt –
Wärmt euch mit mir an den grell aufzuckenden Flammen,
Freut euch mit mir, daß morgen ein Tag uns tagt!

Kalt ist die Welt und feindlich um uns gemauert,
Unser Herz allein ist Sonne und fähig der Lust –
O wie zittert der bange Funke in unsrer Brust,
Der doch allein die Gespenster der Welt überdauert!

Der Kranke

Wie Wind ist mein Leben verweht,
Ich liege allein und wache,
Im Fenster das Mondhorn steht,
Sieht zu was ich mache.
Ich liege und friere lang,
Fühle den Tod im Zimmer –
Herz, wie schlägst du so bang,
Brennst du noch immer?
Leise fang ich zu singen an,
Singe leise von Mond und Wind,
Von Hirsch und Schwan,
Von Maria und ihrem Kind,
Alle Lieder fallen mir ein,
Die man singen kann,
Stern und Mond kommt herein,
Wald und Reh ist bei mir innen.
Alle Schmerzen und Freuden rinnen
Hinter meinen geschlossenen Augen hin,
Sind nicht auseinanderzukennen,
Alle sind süß, alle brennen,
Ich weiß nicht, wo ich bin,
Frauen kommen mit Lippen bleich und rot,
Flackern vor Liebe wie bange Kerzen,
Eine von ihnen heißt Tod,
O wie saugt ihr glühender Blick mir am Herzen!
Götter tun ihre alten Augen auf,
Schließen ihre verborgenen Himmel auf,
Himmel zum Lachen und zum Weinen,
Drehen ihre Sterne im schnellsten Lauf,
Lassen alle Monde und Sonnen scheinen.

Leiser wird und verstummt mein Gesang,
Schlaf kommt aus Himmels Mitten
Die Welt der Götter entlang
Auf Sternenstraßen geschritten.
Sein Schritt ist wie auf Schnee . . .
Um was soll ich ihn bitten . . . ?
Fort ist alles, was ich gelitten,
Nichts tut mehr weh.

März

An dem grün beflognen Hang
Ist schon Veilchenblau erklungen,
Nur den schwarzen Wald entlang
Liegt noch Schnee in zackigen Zungen.
Tropfen aber schmilzt um Tropfen hin,
Aufgesogen von der durstigen Erde,
Und am blassen Himmel oben ziehn
Lämmerwolken in beglänzter Herde.
Finkenruf verliebt schmilzt im Gesträuch:
Menschen, singt auch ihr und liebet euch!

Krankheit

Willkommen Nacht! Willkommen Stern!
Mich dürstet nach Schlaf, ich kann nimmer wachen,
Ich kann nimmer denken, nimmer weinen und lachen,
Nur schlafen möcht ich gern,
Schlafen hundert, tausend Jahr,
Und über mir gehen die Sterne hin;
Meine Mutter weiß, wie ich müde bin,
Beugt sich lächelnd herab, hat Sterne im Haar.

Mutter, laß nimmer tagen,
Laß keinen Tag mehr zu mir herein!
So böse, so feind ist sein weißer Schein,
Ich kann es nicht sagen.
So viel lange heiße Straßen bin ich gegangen,
Mein Herz ist ganz verbrannt –
Öffne mir, Nacht, führ mich in Todes Land,
Ich habe kein andres Verlangen,
Ich kann keinen Schritt mehr gehen,
Mutter Tod, gib mir die Hand,
Laß mich in deine unendlichen Augen sehen!

Media in vita

Einmal, Herz, wirst du ruhn,
Einmal den letzten Tod gestorben sein,
Zur Stille gehst du ein,
Den traumlos tiefen Schlaf zu tun.
Oft winkt er dir aus goldnem Dunkel her,
Oft sehnst du ihn heran,
Den fernen Hafen, wenn dein Kahn
Von Sturm zu Sturm gehetzt treibt auf dem Meer.
Noch aber wiegt dein Blut
Auf roter Welle dich durch Tat und Traum.
Noch brennst du, Herz, in Lebensdrang und Glut.
Hoch aus dem Weltenbaum
Lockt Frucht und Schlange dich mit süßem Zwang
Zu Wunsch und Hunger, Schuld und Lust,
Spielt hundertstimmiger Gesang
Sein holdes Regenbogenspiel durch deine Brust.
Dich ladet Liebesspiel,
Urwald der Lust, zum Krampf der Wonne ein,
Dort trunkner Gast, dort Tier und Gott zu sein,
Erregt, erschlafft, hinzuckend ohne Ziel.
Dich zieht die Kunst, die stille Zauberin,
In ihren Kreis mit seliger Magie,
Malt Farbenschleier über Tod und Jammer hin,
Macht Qual zu Lust, Chaos zu Harmonie.
Geist lockt zu höchstem Spiel empor,
Den Sternen gegenüber stellt
Er dich, macht dich zum Mittelpunkt der Welt
Und ordnet rund um dich das All im Chor;
Vom Tier und Urschlamm bis zu dir herauf
Weist er der Herkunft ahnenreiche Spur,
Macht dich zum Ziel und Endpunkt der Natur,
Dann tut er dunkle Tore auf,

Er deutet Götter, deutet Geist und Trieb,
Zeigt, wie aus ihm sich Sinnenwelt entfaltet,
Wie das Unendliche sich immer neu gestaltet,
Und macht die Welt, die er zu Spiel zerschäumt,
Dir erst von neuem lieb,
Da du es bist, der sie und Gott und All erträumt.
Auch nach den düstern Gängen hin,
Wo Blut und Trieb das Schaurige vollziehn,
Auch dahin offen steht der Pfad,
Wo Rausch aus Angst, wo Mord aus Liebe blüht,
Verbrechen dampft und Wahnsinn glüht,
Kein Grenzstein scheidet zwischen Traum und Tat.
All diese vielen Wege magst du gehn,
All diese Spiele magst du spielen noch,
Und jedem folgt, so wirst du sehn,
Ein neuer Weg, verführerischer noch.
Wie hübsch ist Gut und Geld!
Wie hübsch ist: Gut und Geld verachten!
Wie schön: entsagend wegsehn von der Welt!
Wie schön: nach ihren Reizen brünstig trachten!
Zum Gott hinauf, zum Tier zurück,
Und überall zuckt flüchtig auf ein Glück.
Geh hier, geh dort, sei Mensch, sei Tier, sei Baum!
Unendlich ist der Welt vielfarbiger Traum,
Unendlich steht dir offen Tor um Tor,
Aus jedem braust des Lebens voller Chor,
Aus jedem lockt, aus jedem ruft
Ein flüchtig Glück, ein flüchtig holder Duft.
Entsagung, Tugend übe, wenn dich Angst erfaßt!
Steig auf den höchsten Turm, wirf dich herab!
Doch wisse: überall bist du nur Gast,
Gast bei der Luft, beim Leid, Gast auch im Grab –
Es speit dich neu, noch eh du ausgeruht,
Hinaus in der Geburten ewige Flut.

Doch von den tausend Wegen einer ist,
Zu finden schwer, zu ahnen leicht,
Der aller Welten Kreis mit einem Schritt ermißt,
Der nicht mehr täuscht, der letztes Ziel erreicht.
Erkenntnis blüht auf diesem Pfade dir:
Dein innerstes Ich, das nie ein Tod zerstört,
Gehört nur dir,
Gehört der Welt nicht, die auf Namen hört.
Irrweg war deine lange Pilgerschaft,
Irrweg in namenlosen Irrtums Haft,
Und immer war der Wunderpfad dir nah,
Wie konntest du so lang verblendet gehn,
Wie konnte solcher Zauber dir geschehn,
Daß diesen Pfad dein Auge niemals sah?!
Nun endet Zaubers Macht,
Du bist erwacht,
Hörst fern die Chöre brausen
Im Tal des Irrens und der Sinnen,
Und ruhig wendest du vom Außen
Dich weg und zu dir selbst, nach innen.
Dann wirst du ruhn,
Wirst letzten Tod gestorben sein,
Zur Stille gehst du ein,
Den traumlos tiefen Schlaf zu tun.

Traum von dir

Oft wenn ich zu Bette geh
Und die Augen fallen mir zu,
Mit nassem Finger klopft am Sims der Regen,
Da kommst mir du,
Schlankes zögerndes Reh,
Aus Traumländern still entgegen.
Wir gehen, oder schwimmen, oder schweben
Durch Wald, Ströme, plauderndes Tiergevölk,
Durch Sterne und regenbogenfarbenes Gewölk,
Ich und du, unterwegs nach dem Heimatland,
Von tausend Gestalten und Bildern der Welt umgeben,
Bald im Schnee, bald in Sonnenflammen,
Bald getrennt, bald nah zusammen
Und Hand in Hand.

Am Morgen ist der Traum entflossen,
Tief sank er in mich hinein,
Ist in mir und doch nicht mein,
Schweigend beginn ich den Tag, unfroh und verdrossen,
Aber irgendwo gehn wir auch dann,
Ich und du, von Bilderspielen umgeben,
Fragend durch ein verzaubertes Leben,
Das uns täuschen und doch nicht betrügen kann.

Der Liebende

Nun liegt dein Freund wach in der milden Nacht,
Noch warm von dir, noch voll von deinem Duft,
Von deinem Blick und Haar und Kuß – o Mitternacht,
O Mond und Stern und blaue Nebelluft!
In dich, Geliebte, steigt mein Traum
Tief wie in Meer, Gebirg und Kluft hinein,
Verspritzt in Brandung und verweht zu Schaum,
Ist Sonne, Wurzel, Tier,
Nur um bei dir,
Um nah bei dir zu sein.
Saturn kreist fern und Mond, ich seh sie nicht,
Seh nur in Blumenblässe dein Gesicht,
Und lache still und weine trunken,
Nicht Glück, nicht Leid ist mehr,
Nur du, nur ich und du, versunken
Ins tiefe All, ins tiefe Meer,
Darein sind wir verloren,
Drin sterben wir und werden neugeboren.

Irgendwo

Durch des Lebens Wüste irr ich glühend
Und erstöhne unter meiner Last,
Aber irgendwo, vergessen fast,
Weiß ich schattige Gärten kühl und blühend.

Aber irgendwo in Traumesferne
Weiß ich warten eine Ruhestatt,
Wo die Seele wieder Heimat hat,
Weiß ich Schlummer warten, Nacht und Sterne.

Der Pilger

Immer war ich auf der Fahrt,
Immer Pilgersmann,
Wenig hab ich mir bewahrt,
Glück und Weh zerrann.

Unbekannt war Sinn und Ziel
Meiner Wanderschaft,
Tausend Male, daß ich fiel,
Neu mich aufgerafft!

Ach, es war der Liebe Stern,
Den ich suchen ging,
Der so heilig und so fern
In den Höhen hing.

Eh das Ziel mir war bewußt,
Wanderte ich leicht,
Habe manche Höhenlust,
Manches Glück erreicht.

Nun ich kaum den Stern erkannt,
Ist es schon zu spät,
Hat er schon sich abgewandt,
Morgenschauer weht.

Abschied nimmt die bunte Welt,
Die so lieb mir ward.
Hab ich auch das Ziel verfehlt,
Kühn war doch die Fahrt.

Aus dem Buch »Krisis«

Der Dichter

Nachts kann ich oft nicht schlafen,
Das Leben tut weh,
Da spiel ich dichtend mit den Worten,
Den schlimmen und den braven,
Den fetten und den verdorrten,
Schwimme hinaus in ihre still spiegelnde See.
Ferne Inseln mit Palmen erheben sich blau,
Am Strande weht duftender Wind,
Am Strande spielt mit farbigen Muscheln ein Kind,
Badet im grünen Kristall eine schneeweiße Frau.
Wie übers Meer die wehenden Farbenschauer,
Über meine Seele die Versträume wehn,
Triefen von Wollust, starren in Todestrauer,
Tanzen, rennen, bleiben verloren stehn,
Kleiden sich in der Worte viel zu bescheidenes Kleid,
Wechseln unendlich Klang, Gestalt und Gesicht,
Scheinen uralt und sind doch so voll Vergänglichkeit.
Die meisten verstehen das nicht,
Halten die Träume für Wahnsinn und mich für verloren,
Sehn mich an, Kaufleute, Redakteure und Professoren –
Andre aber, Kinder und manche Frauen,
Wissen alles und lieben mich wie ich sie,
Weil auch sie das Chaos der Bilderwelt schauen,
Weil auch ihnen die Göttin den Schleier lieh.

Steppenwolf

Ich Steppenwolf trabe und trabe,
Die Welt liegt voll Schnee,
Vom Birkenbaum flügelt der Rabe,
Aber nirgends ein Hase, nirgends ein Reh!
In die Rehe bin ich so verliebt,
Wenn ich doch eins fände!
Ich nähm's in die Zähne, in die Hände,
Das ist das Schönste, was es gibt.
Ich wäre der Holden so von Herzen gut,
Fräße mich tief in ihre zärtlichen Keulen,
Tränke mich voll an ihrem hellroten Blut,
Um nachher die ganze Nacht einsam zu heulen.
Sogar mit einem Hasen wär ich zufrieden,
Süß schmeckt sein warmes Fleisch in der Nacht –
Ist denn alles und alles von mir geschieden,
Was das Leben ein wenig heiterer macht?
An meinem Schwanz ist das Haar schon grau,
Auch kann ich gar nimmer deutlich sehen,
Schon vor Jahren starb meine geliebte Frau.
Und nun trab ich und träume von Rehen,
Trabe und träume von Hasen,
Höre den Wind in der Winternacht blasen,
Tränke mit Schnee meine brennende Kehle,
Trage dem Teufel zu meine arme Seele.

Die Unsterblichen

Immer wieder aus der Erde Tälern
Dampft zu uns empor des Lebens Drang;
Wilde Not, berauschter Überschwang,
Blutiger Rausch von tausend Henkersmählern,
Krampf der Lust, Begierde ohne Ende,
Mörderhände, Wuchererhände, Beterhände,
Angst- und lustgepeitschter Menschenschwarm
Dunstet schwül und faulig, roh und warm,
Atmet Seligkeit und wilde Brünste,
Frißt sich selbst und speit sich wieder aus,
Brütet Kriege aus und holde Künste,
Schmückt mit Wahn das brennende Freudenhaus,
Schlingt und zehrt und hurt sich durch die grellen
Jahrmarktfreuden ihrer Kinderwelt,
Hebt für jeden neu sich aus den Wellen,
Wie sie jedem einst zu Kot zerfällt.
Wir dagegen haben uns gefunden
In des Äthers sterndurchglänztem Eis,
Kennen keine Tage, keine Stunden,
Sind nicht Mann noch Weib, nicht jung noch Greis.
Eure Sünden sind und eure Ängste,
Euer Mord und eure geilen Wonnen
Schauspiel uns gleich wie die kreisenden Sonnen,
Jeder einzige Tag ist uns der längste.
Still zu eurem zuckenden Leben nickend,
Still in die sich drehenden Sterne blickend,
Atmen wir des Weltraums Winter ein,
Sind befreundet mit dem Himmelsdrachen;
Kühl und wandellos ist unser ewiges Sein,
Kühl und sternhell unser ewiges Lachen.

An den indischen Dichter Bhartrihari

Wie du, Vorfahr und Bruder, geh auch ich
Im Zickzack zwischen Trieb und Geist durchs Leben,
Heut Weiser, morgen Narr, heut inniglich
Dem Gotte, morgen heiß dem Fleisch ergeben.
Mit beiden Büßergeißeln schlag ich mir
Die Lenden blutig: Wollust und Kasteiung:
Bald Mönch, bald Wüstling, Denker bald, bald Tier;
Des Daseins Schuld in mir schreit nach Verzeihung.
Auf beiden Wegen muß ich Sünde richten,
In beiden Feuern brennend mich vernichten.

Die gestern mich als Heiligen verehrt,
Sehn heute in den Wüstling mich verkehrt,
Die gestern mit mir in den Gossen lagen,
Sehn heut mich fasten und Gebete sagen,
Und alle speien aus und fliehen mich,
Den treulos Liebenden, den Würdelosen;
Auch der Verachtung Blume flechte ich
In meines Dornenkranzes blutige Rosen.

Scheinheilig wandl ich durch die Welt des Scheins,
Mir selbst wie euch verhaßt, ein Greuel jedem Kinde,
Und weiß doch: alles Tun, eures wie meins,
Wiegt weniger vor Gott als Staub im Winde.
Und weiß: auf diesen ruhmlos sündigen Pfad
Weht Gottes Atem mich, ich muß es dulden,
Muß weitertreiben, tiefer mich verschulden
Im Rausch der Lust, im Bann der bösen Tat.

Was dieses Treibens Sinn sei, weiß ich nicht.
Mit den befleckten, lasterhaften Händen
Wisch ich mir Staub und Blut vom Angesicht
Und weiß nur: diesen Weg muß ich vollenden.

Verse im Krankenbett

Pfeifen

Klavier und Geige, die ich wahrlich schätze,
Ich konnte mich mit ihnen kaum befassen;
Mir hat bis jetzt des Lebens rasche Hetze
Nur zu der Kunst des Pfeifens Zeit gelassen.

Zwar darf ich mich noch keinen Meister nennen,
Lang ist die Kunst und kurz ist unser Leben.
Doch alle, die des Pfeifens Kunst nicht kennen,
Bedaure ich. Mir hat sie viel gegeben.

Drum hab ich längst mir innigst vorgenommen,
In dieser Kunst von Grad zu Grad zu reifen,
Und hoffe endlich noch dahin zu kommen,
Auf mich, auf euch, auf alle Welt zu pfeifen.

Belehrung

Mehr oder weniger, mein lieber Knabe,
Sind schließlich alle Menschenworte Schwindel,
Verhältnismäßig sind wir in der Windel
Am ehrlichsten, und später dann im Grabe.

Dann legen wir uns zu den Vätern nieder,
Sind endlich weise und voll kühler Klarheit,
Mit blanken Knochen klappern wir die Wahrheit,
Und mancher lög und lebte lieber wieder.

Der Tod als Angler

Es sitzt der Tod und angelt uns mit schnöder,
Unsichtbar dünner Leine aus dem Leben.
Uns hilft kein Klugsein und kein Mühegeben;
Er hat Geduld, und magisch lockt sein Köder.

Wen seine Angel packt, der mag sich bohren
In Sand und Schlamm und alle Listen üben,
Der Tod sitzt in ihm, nicht am Ufer drüben!
Selbst wenn die Leine reißt, ist er verloren.

Er mag, entronnen, im durchwühlten Grunde
Noch lange Zeit erschrocken sich verkriechen,
Wohl ist er frei, doch nur um hinzusiechen.
Die Lust ist hin. Die Angel sitzt im Schlunde.

Gicht

An Tagen, wo ich meine Finger biegen kann,
Vergehn mit Verseschreiben mir die Stunden,
Und wenn ich einen guten Vers gefunden,
Geht mich die Welt, die Gicht, der Schmerz nichts an.

An andern Tagen geht das Schreiben nicht.
Dann lausch ich dem, der tief in meinen Knochen
Sich dehnt und immer weiter kommt gekrochen.
Es ist der Tod, doch nennen wir ihn Gicht.

Ich lieb ihn nicht, oft liegen wir im Streit.
Doch weiß ich manchmal, daß er nicht im Bösen
Sich um mich müht. Sein Amt ist das Erlösen,
Und willig folg ich eine Strecke weit.

Wenn wir einst ganz versöhnt und einig sind,
Dann werd ich ihn nicht Gicht, nicht Tod mehr nennen.
Als ewige Mutter werd ich ihn erkennen,
Als Liebe seinen Ruf, und mich als Kind.

Gedichte des Sommers 1929

Lampions in der Sommernacht

Warm in dunkler Gartenkühle
Schweben bunte Ampelreihn,
Senden aus dem Laubgewühle
Zart geheimnisvollen Schein.

Eine lächelt hell zitronen,
Rot und weiße lachen feist,
Eine blaue scheint zu wohnen
Im Geäst wie Mond und Geist.

Eine plötzlich steht in Flammen,
Zuckt empor, ist rasch verloht . . .
Schwestern schauern still zusammen,
Lächeln, warten auf den Tod:
Mondblau, Weingelb, Sammetrot.

Verfrühter Herbst

Schon riecht es scharf nach angewelkten Blättern,
Kornfelder stehen leer und ohne Blick;
Wir wissen: eines von den nächsten Wettern
Bricht unserm müden Sommer das Genick.

Die Ginsterschoten knistern. Plötzlich wird
Uns das fern und sagenhaft erscheinen,
Was heut wir in der Hand zu halten meinen,
Und jede Blume wunderbar verirrt.

Bang wächst ein Wunsch in der erschreckten Seele:
Daß sie nicht allzu sehr am Dasein klebe,
Daß sie das Welken wie ein Baum erlebe,
Daß Fest und Farbe ihrem Herbst nicht fehle.

Sommerabend vor einem Tessiner Waldkeller

An den Platanenstämmen spielt noch Licht.
Durchs hohe Astgewölbe blickt noch Blau
Und spiegelt sich im Wein. Im Walde spricht
Mit Kindern eine unsichtbare Frau.
Aus einem Dorf im Tale lärmt Musik
Sonntäglich her und klingt nach Schweiß;
Dort draußen unterm schrägen Sonnenblick
Dampft sommerliche Welt noch schwer und heiß.

Hier aber atmet Waldlaub und Gestein,
Weht Unschuld klösterlich und Feierabend,
Den Bissen Brot, die kühle Schale Wein
Mit holder Zaubertraumkraft fromm begabend.
Farnkraut am Wege duftet scharf und strenge,
Schon wird im Holz der Siebenschläfer wach,
Die erste Fledermaus jagt durchs Gestänge
Gekreuzter Äste ihrem Raube nach.
Und nun stirbt Laut um Laut und Licht um Licht
Der Tag dahin, und aus den Bäumen quillt,
Wie Harz und Honig duftend, schwer und dicht
Herab die Nacht, die mütterlich uns stillt.

Es löschen mit dem Tag die Namen aus,
Mit denen wir geordnet unsere Welt:
Platane, Ahorn, Esche, Felsen, Haus
Schmelzen in Eines, hingegeben fällt
Die bunte Vielfalt an der Mutter Brust
Zurück und in der Kindheit dumpfe Lust.
Kraut duftet bang und Pilz, ein Waldkauz schreit,
Das Laubgewirr der Bäume taumelt sacht . . .

Wie selig duftet doch Vergänglichkeit!
Wie sehnt sich Geist nach Blut, und Tag nach Nacht!

Gedenken
an den Sommer Klingsors

Zehn Jahre schon, seit Klingsors Sommer glühte
Und ich mit ihm die warmen Nächte lang
Bei Wein und Frauen so verloren blühte
Und seine trunknen Klingsor-Lieder sang!

Wie anders schau'n und nüchtern jetzt die Nächte,
Wie so viel stiller geht mein Tag einher!
Wenn auch ein Zauberwort mir wiederbrächte
Den Rausch von einst – ich wollte ihn nicht mehr.

Das eilige Rad nicht mehr zurückzurollen,
Still zu bejah'n den leisen Tod im Blut,
Nicht mehr das Unausdenkliche zu wollen,
Ist meine Weisheit jetzt, mein Seelengut.

Ein andres Glück, ein neuer Zauber faßten
Seither mich manchmal: nichts als Spiegel sein,
Darin für Stunden, so wie Mond im Rhein,
Der Sterne, Götter, Engel Bilder rasten.

Der Dichter und seine Zeit

Den ewigen Bildern treu, standhaft im Schauen
Stehst du zu Tat und Opferdienst bereit.
Doch fehlt in einer ehrfurchtlosen Zeit
Dir Amt und Kanzel, Würde und Vertrauen.

Dir muß genügen, auf verlorenem Posten,
Der Welt zum Spott, nur deines Rufs bewußt,
Auf Glanz verzichtend und auf Tageslust,
Zu hüten jene Schätze, die nicht rosten.

Der Spott der Märkte mag dich kaum gefährden,
Solang dir nur die heilige Stimme tönt;
Wenn sie in Zweifeln stirbt, stehst du verhöhnt
Vom eigenen Herzen als ein Narr auf Erden.

Doch ist es besser, künftiger Vollendung
Leidvoll zu dienen, Opfer ohne Tat,
Als groß und König werden durch Verrat
Am Sinne deines Leids: an deiner Sendung.

Das Lied von Abels Tod

Tot in den Gräsern liegt Abel,
Bruder Kain ist entflohn.
Ein Vogel kommt, taucht den Schnabel
Ins Blut, schrickt auf, fliegt davon.

Der Vogel flieht durch die ganze Welt,
Sein Flug ist scheu, seine Stimme gellt,
Er klagt unendliche Klage:
Um den schönen Abel und seinen Todesschmerz,
Um den finsteren Kain und seine Seelennot,
Um seine eigenen jungen Tage.
Bald schießt ihm Kain seinen Pfeil ins Herz,
Bald wird er Streit und Krieg und Tod
In alle Hütten und Städte tragen,
Wird sich Feinde schaffen und sie erschlagen,
Wird sie und sich selber verzweifelt hassen,
Wird sie und sich selber in allen Gassen
Verfolgen und quälen bis zur nächsten Welten-Nacht,
Bis Kain endlich sich selber umgebracht.

Der Vogel flieht, aus seinem blutigen Schnabel
Schreit Todesklage über die ganze Welt.
Es hört ihn Kain, es hört ihn der tote Abel,
Es hören ihn Tausend unterm Himmelszelt.
Zehntausend aber und mehr, die hören ihn nicht,
Sie wollen nichts wissen von Abels Tod,
Nichts von Kain und seiner Herzensnot,
Nichts vom Blut, das aus so vielen Wunden bricht,
Nichts vom Krieg, der noch gestern gewesen
Und von dem sie jetzt in Romanen lesen.
Für sie alle, die Satten und Frohen,
Die Starken und die Rohen
Gibt es nicht Kain noch Abel, nicht Tod noch Leid,
Und den Krieg preisen sie als große Zeit.

Und wenn der klagende Vogel vorüberfliegt,
Dann nennen sie ihn Schwarzseher und Pessimist,
Fühlen sich stark und unbesiegt
Und werfen nach dem Vogel mit Steinen,
Bis er verstummt und verschwunden ist,
Oder machen Musik, daß man ihn nicht mehr hört,
Weil seine traurige Stimme sie stört.

Der Vogel mit seinem kleinen
Blutstropfen am Schnabel fliegt von Ort zu Ort,
Seine Klage um Abel tönt fort und fort.

Blauer Schmetterling

Flügelt ein kleiner blauer
Falter vom Wind geweht,
Ein perlmutterner Schauer,
Glitzert, flimmert, vergeht.
So mit Augenblicksblinken,
So im Vorüberwehn
Sah ich das Glück mir winken,
Glitzern, flimmern, vergehn.

September

Der Garten trauert,
Kühl sinkt in die Blumen der Regen.
Der Sommer schauert
Still seinem Ende entgegen.

Golden tropft Blatt um Blatt
Nieder vom hohen Akazienbaum.
Sommer lächelt erstaunt und matt
In den sterbenden Gartentraum.

Lange noch bei den Rosen
Bleibt er stehen, sehnt sich nach Ruh.
Langsam tut er die großen,
Müdgewordenen Augen zu.

Sprache

Die Sonne spricht zu uns mit Licht,
Mit Duft und Farbe spricht die Blume,
Mit Wolken, Schnee und Regen spricht
Die Luft. Es lebt im Heiligtume
Der Welt ein unstillbarer Drang,
Der Dinge Stummheit zu durchbrechen,
In Wort, Gebärde, Farbe, Klang
Des Seins Geheimnis auszusprechen.
Hier strömt der Künste lichter Quell,
Es ringt nach Wort, nach Offenbarung,
Nach Geist die Welt und kündet hell
Aus Menschenlippen ewige Erfahrung.
Nach Sprache sehnt sich alles Leben,
In Wort und Zahl, in Farbe, Linie, Ton
Beschwört sich unser dumpfes Streben
Und baut des Sinnes immer höhern Thron.
In einer Blume Rot und Blau,
In eines Dichters Worte wendet
Nach innen sich der Schöpfung Bau,
Der stets beginnt und niemals endet.
Und wo sich Wort und Ton gesellt,
Wo Lied erklingt, Kunst sich entfaltet,
Wird jedesmal der Sinn der Welt,
Des ganzen Daseins neu gestaltet,
Und jedes Lied und jedes Buch
Und jedes Bild ist ein Enthüllen,
Ein neuer, tausendster Versuch,
Des Lebens Einheit zu erfüllen.
In diese Einheit einzugehn
Lockt euch die Dichtung, die Musik,
Der Schöpfung Vielfalt zu verstehn
Genügt ein einziger Spiegelblick.
Was uns Verworrenes begegnet,
Wird klar und einfach im Gedicht:
Die Blume lacht, die Wolke regnet,
Die Welt hat Sinn, das Stumme spricht.

FÜR NINON

Daß du bei mir magst weilen,
Wo doch mein Leben dunkel ist
Und draußen Sterne eilen
Und alles voll Gefunkel ist,

Daß du in dem Getriebe
Des Lebens eine Mitte weißt,
Macht dich und deine Liebe
Für mich zum guten Geist.

In meinem Dunkel ahnst du
Den so verborgenen Stern.
Mit deiner Liebe mahnst du
Mich an des Lebens süßen Kern.

Ich weiss von solchen ...

In manchen Seelen wohnt so tief die Kindheit,
Daß sie den Zauber niemals ganz durchbrechen;
Sie leben hin in traumgefüllter Blindheit
Und lernen nie des Tages Sprache sprechen.

Weh ihnen, wenn ein Unheil sie erschreckt
Und plötzlich hell zur Wirklichkeit erweckt!
Aus Traum gescheucht und kindlichem Vertrauen
Starren sie hilflos in des Lebens Grauen.

Ich weiß von solchen, die der Krieg erst weckte,
Da sie des Lebens Mitte überschritten,
Und die seither am Leben wie erschreckte
Traumwandler zitternd und geängstet litten.

Es scheint: in diesen Hoffnungslosen sucht
Die Menschheit ihrer blutgetränkten Erden,
Sucht ihrer Grausamkeit und Seelenflucht
Erschauernd und beschämt bewußt zu werden.

Bei der Nachricht vom Tod eines Freundes

Schnell welkt das Vergängliche.
Schnell stieben die verdorrten Jahre davon.
Spöttisch blicken die scheinbar ewigen Sterne.

In uns innen der Geist allein
Mag unbewegt schauen das Spiel,
Ohne Spott, ohne Schmerz.
Ihm sind «vergänglich» und «ewig»
Gleich viel, gleich wenig . . .

Aber das Herz
Wehrt sich, glüht auf in Liebe,
Und ergibt sich, welkende Blume,
Dem unendlichen Todesruf,
Dem unendlichen Liebesruf.

Karfreitag

Verhangener Tag, im Wald noch Schnee,
Im kahlen Holz die Amsel singt:
Des Frühlings Atem ängstlich schwingt,
Von Lust geschwellt, beschwert von Weh.

So schweigsam steht und klein im Gras
Das Krokusvolk, das Veilchennest,
Es duftet scheu und weiß nicht was,
Es duftet Tod und duftet Fest.

Baumknospen stehn von Tränen blind,
Der Himmel hängt so bang und nah,
Und alle Gärten, Hügel sind
Gethsemane und Golgatha.

Die Morgenlandfahrt

Verloren in der Welt, vom Kreuzheer abgesprengt,
Irrt mancher Bruder in der dürren Wüste
Der Zeit und Zahl, geängstet, abgedrängt
Vom hohen Ziel, um das er stritt und büßte:
Doch ahnt er, während Wüstenbrand ihn sengt,
Stets seines Traumlands holde Palmenküste.

Ihn den Verirrten wird erbarmungslos
Der Städt' und Märkte Kindervolk verhöhnen,
Doch Memnon gleich, dem scheintoten Koloß,
Bringt jeder Strahl aus Morgen ihn zum Tönen.
Er lächelt, Don Quichotte, dem Zauberschloß
Der Ferne zu und seinen Feen, den schönen.

Und immer wieder zwischen Pöbelspott
Und Märtyrerblut hebt da und dort ein Knabe
Den Blick bezaubert auf zu Don Quichotte,
Beugt sich, legt das Gelübde ab vor Gott
Und folgt dem Pilgerzug zum heiligen Grabe.

Zu Jugendbildnissen

So blickt aus sagenhafter Frühe
Mein Jugendbild mich an und fragt,
Ob von dem Licht, das einst getagt,
Noch etwas leuchte, etwas glühe.

Den damals ich vor mir gesehen,
Der Weg hat mir viel Pein und Nacht
Und bittre Wandlungen gebracht;
Ich möcht ihn nicht noch einmal gehen.

Doch ging ich meinen Weg in Treuen
Und halte sein Gedächtnis wert.
Viel war verfehlt, viel war verkehrt,
Und doch kann ich ihn nicht bereuen.

Häuser am Abend

Im späten schrägen Goldlicht steht
Das Volk der Häuser still durchglüht,
In kostbar tiefen Farben blüht
Sein Feierabend wie Gebet.

Eins lehnt dem andern innig an,
Verschwistert wachsen sie am Hang,
Einfach und alt wie ein Gesang,
Den keiner lernt und jeder kann.

Gemäuer, Tünche, Dächer schief,
Armut und Stolz, Verfall und Glück,
Sie strahlen zärtlich, sanft und tief
Dem Tage seine Glut zurück.

Hundstage

Wie nun am dürren Ginsterhang,
Im braunen Stein, im goldnen Staub,
Im gilbenden Akazienlaub
Der Sommer seinen Überschwang
Austobt und in sich selbst verbrennt!
Aus dürrer Schote knistern schwarze Kerne,
Und abends hängen schwer die Sterne
Wie überreif am Firmament,
Das wie ein Puls im Fieber pocht
Und von verhaltnen Wettern kocht.

Wo eben noch in frohen Schauern
Das Leben feucht und spielend rann,
Keucht Sommer wütend hügelan
Der Höhe zu. Er will nicht dauern,
Er lechzt nach Rausch und Opferglück,
Ihn rief der Tod: auf hagrem Pferde
Jagt er voran und läßt die Erde
Erschöpft, verblüht, verbrannt zurück.

Und seufzend reckt sich Laub und Gras
Und raschelt hart und klirrt wie Glas.

Nächtlicher Regen

Bis in den Schlaf vernahm ich ihn
Und bin daran erwacht,
Nun hör ich ihn und fühle ihn,
Sein Rauschen füllt die Nacht
Mit tausend Stimmen feucht und kühl,
Geflüster, Lachen, Stöhnen,
Bezaubert lausch ich dem Gewühl
Von fließend weichen Tönen.

Nach all dem harten dürren Klang
Der strengen Sonnentage,
Wie innig ruft, wie selig-bang
Des Regens sanfte Klage!

So bricht aus einer stolzen Brust,
Wie spröde sie sich stelle,
Einmal des Schluchzens kindliche Lust,
Der Tränen liebe Quelle,
Und strömt und klagt und löst den Bann,
Daß das Verstummte reden kann,
Und öffnet neuem Glück und Leid
Den Weg und macht die Seele weit.

Höhe des Sommers

Das Blau der Ferne klärt sich schon
Vergeistigt und gelichtet
Zu jenem süßen Zauberton,
Den nur September dichtet.

Der reife Sommer über Nacht
Will sich zum Feste färben,
Da alles in Vollendung lacht
Und willig ist zu sterben.

Entreiß dich, Seele, nun der Zeit,
Entreiß dich deinen Sorgen
Und mache dich zum Flug bereit
In den ersehnten Morgen.

Rückgedenken

Am Hang die Heidekräuter blühn,
Der Ginster starrt in braunen Besen.
Wer weiß heut noch, wie flaumiggrün
Der Wald im Mai gewesen?

Wer weiß heut noch, wie Amselsang
Und Kuckucksruf einmal geklungen?
Schon ist, was so bezaubernd klang,
Vergessen und versungen.

Im Wald das Sommerabendfest,
Der Vollmond überm Berge droben,
Wer schrieb sie auf, wer hielt sie fest?
Ist alles schon zerstoben.

Und bald wird auch von dir und mir
Kein Mensch mehr wissen und erzählen;
Es wohnen andre Leute hier,
Wir werden keinem fehlen.

Wir wollen auf den Abendstern
Und auf die ersten Nebel warten.
Wir blühen und verblühen gern
In Gottes großem Garten.

Welkes Blatt

Jede Blüte will zur Frucht,
Jeder Morgen Abend werden,
Ewiges ist nicht auf Erden
Als der Wandel, als die Flucht.

Auch der schönste Sommer will
Einmal Herbst und Welke spüren.
Halte, Blatt, geduldig still,
Wenn der Wind dich will entführen.

Spiel dein Spiel und wehr dich nicht,
Laß es still geschehen.
Laß vom Winde, der dich bricht,
Dich nach Hause wehen.

Besinnung

Göttlich ist und ewig der Geist.
Ihm entgegen, dessen wir Bild und Werkzeug sind,
Führt unser Weg; unsre innerste Sehnsucht ist:
Werden wie Er, leuchten in Seinem Licht.
Aber irden und sterblich sind wir geschaffen,
Träge lastet auf uns Kreaturen die Schwere.
Hold zwar und mütterlich warm umhegt uns Natur,
Säugt uns Erde, bettet uns Wiege und Grab;
Doch befriedet Natur uns nicht,
Ihren Mutterzauber durchstößt
Des unsterblichen Geistes Funke
Väterlich, macht zum Manne das Kind,
Löscht die Unschuld und weckt uns zu Kampf und Gewissen.
So zwischen Mutter und Vater,
So zwischen Leib und Geist
Zögert der Schöpfung gebrechlichstes Kind,
Zitternde Seele Mensch, des Leidens fähig
Wie kein andres Wesen, und fähig des Höchsten:
Gläubiger, hoffender Liebe.

Schwer ist sein Weg, Sünde und Tod seine Speise,
Oft verirrt er ins Finstre, oft wär ihm
Besser, niemals erschaffen zu sein.
Ewig aber strahlt über ihm seine Sehnsucht,
Seine Bestimmung: das Licht, der Geist.
Und wir fühlen: ihn, den Gefährdeten,
Liebt der Ewige mit besonderer Liebe.

Darum ist uns irrenden Brüdern
Liebe möglich noch in der Entzweiung,
Und nicht Richten und Haß,
Sondern geduldige Liebe,
Liebendes Dulden führt
Uns dem heiligen Ziele näher.

Schmerz

Schmerz ist ein Meister, der uns klein macht,
Ein Feuer, das uns ärmer brennt,
Das uns vom eigenen Leben trennt,
Das uns umlodert und allein macht.

Weisheit und Liebe werden klein,
Trost wird und Hoffnung dünn und flüchtig;
Schmerz liebt uns wild und eifersüchtig,
Wir schmelzen hin und werden Sein.

Es krümmt die irdne Form, das Ich,
Und wehrt und sträubt sich in den Flammen.
Dann sinkt sie still in Staub zusammen
Und überläßt dem Meister sich.

Widmungsverse zu einem Gedichtbuch

Blätter wehen vom Baume,
Lieder vom Lebenstraume
Wehen spielend dahin;
Vieles ist untergegangen,
Seit wir zuerst sie sangen,
Zärtliche Melodien.

Sterblich sind auch die Lieder,
Keines tönt ewig wieder,
Alle verweht der Wind:
Blumen und Schmetterlinge,
Die unvergänglicher Dinge
Flüchtiges Gleichnis sind.

Leben einer Blume

Aus grünem Blattkreis kinderhaft beklommen
Blickt sie um sich und wagt es kaum zu schauen,
Fühlt sich von Wogen Lichtes aufgenommen,
Spürt Tag und Sommer unbegreiflich blauen.

Es wirbt um sie das Licht, der Wind, der Falter,
Im ersten Lächeln öffnet sie dem Leben
Ihr banges Herz und lernt, sich hinzugeben
Der Träumefolge kurzer Lebensalter.

Jetzt lacht sie voll, und ihre Farben brennen,
An den Gefäßen schwillt der goldne Staub,
Sie lernt den Brand des schwülen Mittags kennen
Und neigt am Abend sich erschöpft ins Laub.

Es gleicht ihr Rand dem reifen Frauenmunde,
Um dessen Linien Altersahnung zittert;
Heiß blüht ihr Lachen auf, an dessen Grunde
Schon Sättigung und bittre Neige wittert.

Nun schrumpfen auch, nun fasern sich und hangen
Die Blättchen müde überm Samenschoße.
Die Farben bleichen geisterhaft: das große
Geheimnis hält die Sterbende umfangen.

Klage

Uns ist kein Sein vergönnt. Wir sind nur Strom,
Wir fließen willig allen Formen ein:
Dem Tag, der Nacht, der Höhle und dem Dom,
Wir gehn hindurch, uns treibt der Durst nach Sein.

So füllen Form um Form wir ohne Rast,
Und keine wird zur Heimat uns, zum Glück, zur Not,
Stets sind wir unterwegs, stets sind wir Gast,
Uns ruft nicht Feld noch Pflug, uns wächst kein Brot.

Wir wissen nicht, wie Gott es mit uns meint,
Er spielt mit uns, dem Ton in seiner Hand,
Der stumm und bildsam ist, nicht lacht noch weint,
Der wohl geknetet wird, doch nie gebrannt.

Einmal zu Stein erstarren! Einmal dauern!
Danach ist unsre Sehnsucht ewig rege,
Und bleibt doch ewig nur ein banges Schauern,
Und wird doch nie zur Rast auf unsrem Wege.

Doch heimlich dürsten wir ...

Anmutig, geistig, arabeskenzart
Scheint unser Leben sich wie das von Feen
In sanften Tänzen um das Nichts zu drehen,
Dem wir geopfert Sein und Gegenwart.

Schönheit der Träume, holde Spielerei,
So hingehaucht, so reinlich abgestimmt,
Tief unter deiner heitern Fläche glimmt
Sehnsucht nach Nacht, nach Blut, nach Barbarei.

Im Leeren dreht sich, ohne Zwang und Not,
Frei unser Leben, stets zum Spiel bereit,
Doch heimlich dürsten wir nach Wirklichkeit,
Nach Zeugung und Geburt, nach Leid und Tod.

Dienst

Im Anfang herrschten jene frommen Fürsten,
Feld, Korn und Pflug zu weihen und das Recht
Der Opfer und der Masse im Geschlecht
Der Sterblichen zu üben, welche dürsten

Nach der Unsichtbaren gerechtem Walten,
Das Sonn und Mond im Gleichgewichte hält,
Und deren ewig strahlende Gestalten
Des Leids nicht kennen und des Todes Welt.

Längst ist der Göttersöhne heilige Reihe
Erloschen, und die Menschheit blieb allein,
In Lust und Leides Taumel, fern vom Sein,
Ein ewiges Werden ohne Maß und Weihe.

Doch niemals starb des wahren Lebens Ahnung,
Und unser ist das Amt, im Niedergang
Durch Zeichenspiel, durch Gleichnis und Gesang
Fortzubewahren heiliger Ehrfurcht Mahnung.

Vielleicht, daß einst das Dunkel sich verliert,
Vielleicht, daß einmal sich die Zeiten wenden,
Daß Sonne wieder uns als Gott regiert
Und Opfergaben nimmt von unsern Händen.

Seifenblasen

Es destilliert aus Studien und Gedanken
Vielvieler Jahre spät ein alter Mann
Sein Alterswerk, in dessen krause Ranken
Er spielend manche süße Weisheit spann.

Hinstürmt voll Glut ein eifriger Student,
Der sich in Büchereien und Archiven
Viel umgetan und den der Ehrgeiz brennt,
Ein Jugendwerk voll genialischer Tiefen.

Es sitzt und bläst ein Knabe in den Halm,
Er füllt mit Atem farbige Seifenblasen,
Und jede prunkt und lobpreist wie ein Psalm,
All seine Seele gibt er hin im Blasen.

Und alle drei, Greis, Knabe und Student
Erschaffen aus dem Maya-Schaum der Welten
Zaubrische Träume, die an sich nichts gelten,
In welchen aber lächelnd sich erkennt
Das ewige Licht, und freudiger entbrennt.

Das Glasperlenspiel

Musik des Weltalls und Musik der Meister
Sind wir bereit in Ehrfurcht anzuhören,
Zu reiner Feier die verehrten Geister
Begnadeter Zeiten zu beschwören.

Wir lassen vom Geheimnis uns erheben
Der magischen Formelschrift, in deren Bahn
Das Uferlose, Stürmende, das Leben
Zu klaren Gleichnissen gerann.

Sternbildern gleich ertönen sie kristallen,
In ihrem Dienst ward unserm Leben Sinn,
Und keiner kann aus ihren Kreisen fallen
Als nach der heiligen Mitte hin.

Chinesisch

Mondlicht aus opalener Wolkenlücke
Zählt die spitzen Bambusschatten peinlich,
Malt der hohen Katzenbuckelbrücke
Spiegelbild aufs Wasser rund und reinlich.

Bilder sind es, die wir zärtlich lieben,
Auf der Welt und Nacht lichtlosem Grunde
Zaubrisch schwimmend, zaubrisch hingeschrieben,
Ausgelöscht schon von der nächsten Stunde.

Unterm Maulbeerbaum der trunkene Dichter,
Der den Pinsel wie den Becher meistert,
Schreibt der Mondnacht, die ihn hold begeistert,
Wehende Schatten auf und sanfte Lichter.
Seine raschen Pinselzüge schreiben
Mond und Wolken hin und all die Dinge,
Die dem Trunkenen vorübertreiben,
Daß er sie, die flüchtigen, besinge,
Daß er sie, der Zärtliche, erlebe,
Daß er ihnen Geist und Dauer gebe.

Und sie werden unvergänglich bleiben.

In einem alten Tessiner Park

Gartensaal

Hier haben ihre Frauen sich gefächert
Beim Sommerfest im roten Gartensaale,
Hier haben sie getafelt und gebechert
Und Arien gesummt aus Don Pasquale.
Hier tanzten sie, gutmütige Despoten,
Bauherren zu den Zeiten Bonapartes,
Sagten den bunten Damen etwas Zartes
Und brüllten unter sich bei Wein und Zoten.
Wir haben ihre Enkel noch gekannt,
Man zog im Dorf den Hut vor den Signoren,
Doch war der Glanz dahin, das Gut verloren,
Haus, Land und Gärten stehen nun zur Gant.
Die Tore klaffen, die vom Neid umschlichenen.
Vergraste Wege laden jeden ein,
Hier zu lustwandeln und bei der verblichenen
Patrizierpracht ein wenig Gast zu sein.
Es scheinen leck die Dächer, feucht die Mauern,
Ihr Schmuck von Moos und Efeu grünt verführend,
Verderb und Öde in den Fenstern lauern,
Was einst so herrisch schön war, scheint jetzt rührend,
Und Fledermäuse flattern durch die Räume.
Doch ragen tröstlich, höher als vor Zeiten,
Im ungepflegten Park die edlen Bäume,
Ihr Mitleid über den Verfall zu breiten.

Durchblick ins Seetal

Zwischen grau behaarten Fichtenzweigen,
Zwischen roten rauhen Kiefernästen,
Blauen Zedern, die sich würdig neigen,
Zwischen Lindenstämmen mit den Resten
Gelben Laubes sinkt der Blick hinunter,
Berghinab durch klamme Perspektiven,
In des Seetals freundlich-ferne Tiefen.
Sanft scheint alles dort und dennoch bunter,
Glasig schwebt der See, der licht umsäumte,
Dörfer lächeln hell mit sonnigen Dächern,
Felder wie von Malergeist geträumte
Farbenfolgen breiten sich in Fächern.
Selig scheint dies Tal und ohne Schatten,
Fest zugleich und luftig gleich Kristallen,
Festlich ordnen Dörfer, Haine, Matten
Sich ins Bild, es scheint um Wohlgefallen,
Scheint um Schönheit einzig hier zu gehen,
Um den Reigen bunt getönter Lichter:
Spielzeug einem Maler oder Dichter,
Scheint die Welt aus Licht nur zu bestehen,
Das sich selbst erlebt, sich selbst gestaltet.
Uns bezaubern Bühne und Kulissen,
Und wir weigern uns, vom Leid zu wissen,
Das auch diese holde Welt durchwaltet.

Roter Pavillon

Roter Pavillon, im Park verborgen,
Wo er sich in wilden Wald verliert,
Als du noch in deinem jungen Morgen
Lachtest, wie hast du den Park geziert!
Hast auf der Terrasse dich gebrüstet,
Schlank, achtkantig, zierlich, kühn, kokett,
Feste wurden oft in dir gerüstet,
Jagdtrunk, Vogelessen und Bankett.
Jetzt im groß gewordenen Walde stehst du
Klein, verloren fast und sehr geheim,
Mit verblichenem Farbenzauber wehst du
Lächelnd Wehmut wie ein alter Reim,
Der einst jung und frech und wild geklungen,
Heut altväterisch tönt und Rührung weckt;
Eingesunken in Erinnerungen
Stehst du, und die Abendsonne leckt
Müd an deinen rostigen Gitterstäben,
Deinen spitzen Bogen, deinem Dach;
Deinen schmucken Formen hingegeben,
Sinnst du den verklungenen Festen nach.
So wird uns zu Sinn beim Wiedergrüßen
Einer Jugendliebe, deren Haar
Weiß geworden, deren einst so süßen
Mädchenzügen still und wunderbar
Sich die Todeslinien eingeschrieben,
Daß wir sie, bewegt, noch einmal lieben,
Sie und das Unsägliche, das einst war.

Morgenstunde im Dezember

Regen schleiert dünn, und träge Flocken
Sind dem grauen Schleier eingewoben,
Hängen sich an Zweig und Drähte oben,
Bleiben unten an den Scheiben hocken,
Schwimmen schmelzend in der kühlen Nässe,
Geben dem Geruch der feuchten Erde
Etwas Dünnes, Nichtiges und Vages,
Und dem Tropfenrieseln die Gebärde
Eines Zögerns, und dem Licht des Tages
Eine kränkelnde, verdrossene Blässe.
In der morgenblinden Scheiben Zeile
Dämmert da mit rosig warmem Schimmer
Einsam noch ein Fenster nachtbeleuchtet.
Eine Krankenschwester kommt, sie feuchtet
Sich mit Schnee die Augen, eine Weile
Steht und starrt sie, kehrt zurück ins Zimmer.
Es erlischt der Kerzenschein, und grauer
Dehnt sich in den bleichen Tag die Mauer.

Föhnige Nacht

Schaukelt im wehenden Föhnwind der Feigenbaum
Wieder wie Schlangen wirr die gewundenen Äste,
Steigt übers kahle Gebirg zu einsamem Feste
Vollmond empor und beseelt mit Schatten den Raum,
Spricht zwischen gleitenden Wolkenschiffen der Lichte
Träumerisch mit sich selber und zaubert die Nacht
Über dem Seetal still zum Seelenbild und Gedichte,
Daß mir im Herzen zuinnerst Musik erwacht,
Dann erhebt sich in drängender Sehnsucht die Seele,
Fühlt sich jung und begehrt ins flutende Leben zurück,
Kämpft mit dem Schicksal und ahnt, woran es ihr fehle,
Summt sich Lieder und spielt mit dem Traume vom Glück,
Möchte noch einmal beginnen, noch einmal der fernen
Jugend heiße Gewalten beschwören ins kühlere Heut,
Möchte wandern und werben und bis zu den Sternen
Dehnen der schweifenden Wünsche dunkles Geläut.
Zögernd schließ ich das Fenster, entzünde das Licht,
Seh die weißglänzenden Kissen des Bettes warten,
Weiß den Mond und die Welt und das wehende
Wolkengedicht
Draußen lebendig im Föhn überm silbrigen Garten,
Finde zurück mich langsam zu meinen gewohnten Dingen,
Höre bis in den Schlaf das Lied meiner Jugend klingen.

Mit der Eintrittskarte zur Zauberflöte

So werd ich dich noch einmal wiederhören,
Geliebteste Musik, und bei den Weih'n
Des lichten Tempels, bei den Priesterchören,
Beim holden Flötenlied zu Gaste sein.

So viele Male in so vielen Jahren
Hab ich auf dieses Spiel mich tief gefreut,
Und jedesmal das Wunder neu erfahren
Und das Gelübde still in mir erneut,

Das mich als Glied in eure Kette bindet,
Morgenlandfahrer im uralten Bund,
Der nirgend Heimat hat im Erdenrund,
Doch immer neu geheime Diener findet.

Diesmal, Tamino, macht das Wiedersehen
Mir heimlich bang. Wird das ermüdete Ohr,
Das alte Herz euch noch wie einst verstehen,
Ihr Knabenstimmen und du Priesterchor –
Werd ich vor eurer Prüfung noch bestehen?

In ewiger Jugend lebt ihr, selige Geister,
Und unberührt vom Beben unsrer Welt,
Bleibt Brüder uns, bleibt Führer uns und Meister,
Bis uns die Fackel aus den Händen fällt.

Und wenn einst eurer heitern Auserwählung
Die Stunde schlägt und niemand mehr euch kennt,
So folgen neue Zeichen euch am Firmament,
Denn alles Leben dürstet nach Beseelung.

Müssige Gedanken

Einmal wird dies alles nicht mehr sein,
Nicht mehr diese töricht genialen Kriege,
Diese teuflisch in den Feind gewehten
Gase, diese Betonwüstenein,
Diese Wälder, statt mit Dorn mit Drähten
Dicht bestachelt, diese Todeswiegen,
Drin so viele Tausend schaudernd liegen,
Die mit so viel Geist und Fleiß ersonnenen,
Die mit so viel feigem Witz gesponnenen
Todesnetze über Land, Luft, Meer.

Berge werden in die Bläue ragen,
Sterne werden durch die Nächte leuchten,
Zwillinge, Kassiopeia, Wagen,
Ewig in gelassener Wiederkehr,
Laub und Gras mit seinem morgenfeuchten
Silber wird dem Tag entgegengrünen,
Und im ewigen Wind wird Meerflut schlagen
An den Fels und an die bleichen Dünen.
Doch die Weltgeschichte ist vorüber;
Mit dem Schwall von Blut, von Krampf, von Lüge
Ist die prahlerische als ein trüber
Kehrichtstrom zerronnen, ihre Züge
Sind erloschen, ihre unermessen
Schlingende Gier gestillt, der Mensch vergessen.

Und vergessen sind die Kinderspiele,
Deren wir so holde und berückende,
Deren wir so unersättlich viele
Uns erdacht, so fremde und entzückende.
Die Gedichte, die wir uns ersonnen,
Die Gebilde all, die unser Lieben
Rings der willigen Erde eingeschrieben,

Unsre Götter, Heiligtümer, Weihen,
Alphabet und Einmaleins sind nicht mehr.
Unsrer Orgelfugen Himmelswonnen,
Unsre Dome mit den trotzig schlanken
Türmen, unsre Bücher, Malereien,
Sprachen, Märchen, Träume und Gedanken,
Sie sind ausgelöscht. Die Erde hat kein Licht mehr.

Und der Schöpfer, der dem Untergange
All des Scheußlichen und all des Schönen
Stille zugeschaut, betrachtet lange
Die befreite Erde. Heiter tönen
Um ihn der Gestirne Reigen, dunkel
Schwebt die kleine Kugel im Gefunkel.
Sinnend greift er etwas Lehm und knetet.
Wieder wird er einen Menschen machen,
Einen kleinen Sohn, der zu ihm betet,
Einen kleinen Sohn, von dessen Lachen,
Dessen Kinderei'n und Siebensachen
Er sich Lust verspricht. Sein Finger waltet
Froh im Lehm. Er freut sich. Er gestaltet.

Flötenspiel

Ein Haus bei Nacht durch Strauch und Baum
Ein Fenster leise schimmern ließ,
Und dort im unsichtbaren Raum
Ein Flötenspieler stand und blies.

Es war ein Lied so altbekannt,
Es floß so gütig in die Nacht,
Als wäre Heimat jedes Land,
Als wäre jeder Weg vollbracht.

Es war der Welt geheimer Sinn
In seinem Atem offenbart,
Und willig gab das Herz sich hin
Und alle Zeit ward Gegenwart.

Spätsommer

Noch schenkt der späte Sommer Tag um Tag
Voll süßer Wärme. Über Blumendolden
Schwebt da und dort mit müdem Flügelschlag
Ein Schmetterling und funkelt sammetgolden.

Die Abende und Morgen atmen feucht
Von dünnen Nebeln, deren Naß noch lau.
Vom Maulbeerbaum mit plötzlichem Geleucht
Weht gelb und groß ein Blatt ins sanfte Blau.

Eidechse rastet auf besonntem Stein,
Im Blätterschatten Trauben sich verstecken.
Bezaubert scheint die Welt, gebannt zu sein
In Schlaf, in Traum, und warnt dich, sie zu wecken.

So wiegt sich manchmal viele Takte lang
Musik, zu goldener Ewigkeit erstarrt,
Bis sie erwachend sich dem Bann entrang
Zurück zu Werdemut und Gegenwart.

Wir Alten stehen erntend am Spalier
Und wärmen uns die sommerbraunen Hände.
Noch lacht der Tag, noch ist er nicht zu Ende,
Noch hält und schmeichelt uns das Heut und Hier.

Der Heiland

Immer wieder wird er Mensch geboren,
Spricht zu frommen, spricht zu tauben Ohren,
Kommt uns nah und geht uns neu verloren.

Immer wieder muß er einsam ragen,
Aller Brüder Not und Sehnsucht tragen,
Immer wird er neu ans Kreuz geschlagen.

Immer wieder will sich Gott verkünden,
Will das Himmlische ins Tal der Sünden,
Will ins Fleisch der Geist, der ewige, münden.

Immer wieder, auch in diesen Tagen,
Ist der Heiland unterwegs, zu segnen,
Unsern Ängsten, Tränen, Fragen, Klagen
Mit dem stillen Blicke zu begegnen,
Den wir doch nicht zu erwidern wagen,
Weil nur Kinderaugen ihn ertragen.

Stufen

Wie jede Blüte welkt und jede Jugend
Dem Alter weicht, blüht jede Lebensstufe,
Blüht jede Weisheit auch und jede Tugend
Zu ihrer Zeit und darf nicht ewig dauern.
Es muß das Herz bei jedem Lebensrufe
Bereit zum Abschied sein und Neubeginne,
Um sich in Tapferkeit und ohne Trauern
In andre, neue Bindungen zu geben.
Und jedem Anfang wohnt ein Zauber inne,
Der uns beschützt und der uns hilft zu leben.

Wir sollen heiter Raum um Raum durchschreiten,
An keinem wie an einer Heimat hängen,
Der Weltgeist will nicht fesseln uns und engen,
Er will uns Stuf' um Stufe heben, weiten.
Kaum sind wir heimisch einem Lebenskreise
Und traulich eingewohnt, so droht Erschlaffen,
Nur wer bereit zu Aufbruch ist und Reise,
Mag lähmender Gewöhnung sich entraffen.
Es wird vielleicht auch noch die Todesstunde
Uns neuen Räumen jung entgegensenden,
Des Lebens Ruf an uns wird niemals enden ...
Wohlan denn, Herz, nimm Abschied und gesunde!

Sommermittag auf einem alten Landsitz

Die Linden und Kastanien hundertjährig
Atmen und rauschen sacht im lauen Wind,
Der Springquell blitzt und wendet sich willfährig
Im Hauch der Lüfte, in den Wipfeln sind
Die vielen Vögel fast verstummt zur Stunde.
Die Straße draußen schweigt im Mittagsbrand,
Verschlafen dehnen sich im Gras die Hunde,
Heuwagen knarren fern durchs heiße Land.

Wir sitzen lang im Schatten, alte Leute,
Ein Buch im Schoß, geblendete Augen senkend,
Freundlich gewiegt vom sommerlichen Heute,
Doch heimlich der Vorangegangenen denkend,
Für die nicht Winter mehr noch Sommer tagen
Und die doch in den Hallen, auf den Wegen
Uns nahe sind und unsichtbar zugegen
Und zwischen Dort und Hier die Brücke schlagen.

Bericht des Schülers

Mein Lehrer liegt und schweigt schon manche Tage.
Oft weiß ich nicht, ob er mit Schmerzen ringe,
Ob mit Gedanken. Wenn ich etwas sage,
So hört er nicht. Doch wenn ich sitz und singe,
Lauscht er geschlossenen Auges wie entrückt,
Vielleicht ein Wissender des höchsten Grades,
Vielleicht ein Kind, von etwas Klang beglückt,
Doch stets der Regel treu des Mittlern Pfades.

Zuweilen regt er die erstarrte Hand,
Als hielte sie den Schreibestift und schriebe.
Dann wieder ist der Türe zugewandt
Sein Blick mit einer unsagbaren Liebe,
Als hör er Boten nahn auf Engelsflügeln
Und sähe Himmelspforten offen stehn
Oder auf seiner fernen Heimat Hügeln
Wie einst im Morgenhauch die Palmen wehn.

Oft ist mir bang, als sei ich krank statt seiner,
Als wär ich selber grau, erloschen, alt
Und jener dünnen Blätterschatten einer,
Wie sie der Morgen an die Mauer malt.
Doch er, der Meister, scheint von Wirklichkeit,
Von Sein, von Wesen ganz getränkt und trächtig.
Indes ich schwinde, wird er weltenweit
Und füllt die Himmel strahlend und allmächtig.

Prosa

Auf einen Dichter

Ihm macht das Verseschreiben kein Vergnügen,
Mit dem wir Schüler uns so gerne plagen.
Auch er genoß zwar einst in Jugendtagen
Das mühvoll-süße Spiel in vollen Zügen.
Nein, diese schöne Kunst der Silbenmaße,
Des Reims, des Odenbaus, der Versverschränkung
Lockt ihn nicht mehr zu übender Versenkung,
Zu glatt scheint, zu gebahnt ihm diese Straße.
Zu leicht scheint ihm auf diesem Weg erreichbar
Das Schöne, sei es auch mit tausend Mühen.
Er weiß von Zaubern, die verborgner blühen,
Von Wirkungen geheim und unvergleichbar.

So schlicht, unfeierlich und fast alltäglich
Geht seine Prosa! Sie ihm nachzuschreiben
Scheint Kinderspiel, doch laß es lieber bleiben.
Denn schaust du näher hin, so wird unsäglich,
Was harmlos einfach schien, aus Nichtigkeiten
Wird eine Welt, aus Atem Melodien,
Die scheinbar zwecklos und vergnüglich gleiten,
Doch sich auf andre mahnend rückbeziehen
Und neue, nie erwartete vorbereiten.
Am Ende wird ein Schriftsatz seiner Feder,
Den wir zuerst so leichthin überlasen,
Zur Felsenlandschaft mit Vokal-Oasen,
Aus einem Silbenfall rauscht Wind und Zeder,
Ein Mondstrahl läßt voll Silber Golfe blinken,
Ein Beistrich öffnet Wald- und Gartenpfade,
Wie buhlerisch scheint eine Assonanz zu winken,
Ein Fragezeichen wirkt wie Glück und Gnade.

Wie er es macht, wie er aus diesen simpeln
Worten des Tages ohne Zwang und Spreizen
Dichtwerke zaubert voll von tiefen Reizen
Und Silben tanzen läßt gleich wehenden Wimpeln,
Dies, Freunde, werden wir nie ganz verstehen.
Uns sei genug, mit Ehrfurcht zuzusehen
So wie wir aufs Gebirg und auf die blauen
Falter am Bach und auf die Blumen schauen,
Die auch, so scheint es, sich von selbst verstehen,
Doch Wunder sind für Augen, welche sehen.

DIE SPÄTEN GEDICHTE

1944 bis 1962

Leb wohl, Frau Welt

Es liegt die Welt in Scherben,
Einst liebten wir sie sehr,
Nun hat für uns das Sterben
Nicht viele Schrecken mehr.

Man soll die Welt nicht schmähen,
Sie ist so bunt und wild,
Uralte Zauber wehen
Noch immer um ihr Bild.

Wir wollen dankbar scheiden
Aus ihrem großen Spiel;
Sie gab uns Lust und Leiden,
Sie gab uns Liebe viel.

Leb wohl, Frau Welt, und schmücke
Dich wieder jung und glatt,
Wir sind von deinem Glücke
Und deinem Jammer satt.

Beim Wiederlesen von ›Heumond‹ und ›Schön ist die Jugend‹

Unbegreiflich fremd und ferne
Blickt die Jugendheimat her,
Ihre Sonnen, ihre Sterne
Leuchten meinem Weg nicht mehr,
Ihre Freuden und Beschwerden
Heute Lied und Sage sind,
Ihre Namen und Gebärden
Kaum noch Blätterspiel im Wind.
Aber hier auf Buches Zeilen
Stehen sie zum Bild gebannt,
Warten treulich und verweilen,
Haben Form und halten Stand.
Und nach leidgetränkten Jahren,
Die so vieles uns zerstört,
Wird der Welt, die wir einst waren,
Sage immer noch gehört.
Ihre Runen werden bleicher,
Ihre Töne fern und zart,
Doch sie hat in zauberreicher
Anmut ewige Gegenwart.

Im Schloss Bremgarten

Wer hat einst die alten Kastanien gepflanzt,
Wer aus dem steinernen Brunnen getrunken,
Wer im geschmückten Saale getanzt?
Sie sind dahin, vergessen, versunken.

Heut sind es wir, die der Tag bescheint
Und denen die lieben Vögel singen:
Wir sitzen um Tafel und Kerzen vereint,
Trankopfer dem ewigen Heute zu bringen.

Und wenn wir dahin und vergessen sind,
Wird immer noch in den hohen Bäumen
Die Amsel singen und singen der Wind,
Und drunten der Fluß an den Felsen schäumen.

Und in der Halle beim Abendschrei
Der Pfauen sitzen andere Leute.
Sie plaudern, sie rühmen wie schön es sei,
Bewimpelte Schiffe fahren vorbei,
Und es lacht das ewige Heute.

Oktober 1944

Leidenschaftlich strömt der Regen,
Schluchzend wirft er sich ins Land,
Bäche gurgeln in den Wegen
Überfülltem See entgegen,
Der noch jüngst so gläsern stand.

Daß wir einmal fröhlich waren
Und die Welt uns selig schien,
War ein Traum. In grauen Haaren
Stehn wir herbstlich und erfahren,
Leiden Krieg und hassen ihn.

Kahlgefegt und ohne Flitter
Liegt die Welt, die einst gelacht;
Durch entlaubter Äste Gitter
Blickt der Winter todesbitter,
Und es greift nach uns die Nacht.

Späte Prüfung

Nochmals aus des Lebens Weiten
Reißt mich Schicksal hart ins Enge,
Will in Dunkel und Gedränge
Prüfung mir und Not bereiten.

Alles scheinbar längst Erreichte,
Ruhe, Weisheit, Altersfrieden,
Reuelose Lebensbeichte –
War es wirklich mir beschieden?

Ach, es ward von jenem Glücke
Aus den Händen mir geschlagen
Gut um Gut und Stück um Stücke;
Aus ist's mit den heitern Tagen.

Scherbenberg und Trümmerstätte
Ward die Welt und ward mein Leben.
Weinend möcht ich mich ergeben,
Wenn ich diesen Trotz nicht hätte,

Diesen Trotz im Grund der Seele,
Mich zu stemmen, mich zu wehren,
Diesen Glauben: was mich quäle,
Müsse sich ins Helle kehren,

Diesen unvernünftig zähen
Kinderglauben mancher Dichter
An unlöschbar ewige Lichter,
Die hoch über allen Höllen stehen.

Aufhorchen

Ein Klang so zart, ein Hauch so neu
Geht durch den grauen Tag,
Wie Vogelflügelflattern scheu,
Wie Frühlingsduft so zag.

Aus Lebens Morgenstunden her
Erinnerungen wehn,
Wie Silberschauer überm Meer
Aufzittern und vergehn.

Vom Heut zum Gestern scheint es weit,
Zum lang Vergessenen nah,
Die Vorwelt liegt und Märchenzeit,
Ein offener Garten, da.

Vielleicht ist heut mein Urahn wach,
Der tausend Jahr geruht
Und nun mit meiner Stimme sprach,
Sich wärmt in meinem Blut.

Vielleicht ein Bote draußen steht
Und tritt gleich bei mir ein;
Vielleicht, noch eh der Tag vergeht,
Werd ich zu Hause sein.

Traurigkeit

Die mir noch gestern glühten,
Sind heut dem Tod geweiht,
Blüten fallen um Blüten
Vom Baum der Traurigkeit.

Ich seh sie fallen, fallen
Wie Schnee auf meinen Pfad,
Die Schritte nicht mehr hallen,
Das lange Schweigen naht.

Der Himmel hat nicht Sterne,
Das Herz nicht Liebe mehr,
Es schweigt die graue Ferne,
Die Welt ward alt und leer.

Wer kann sein Herz behüten
In dieser bösen Zeit?
Es fallen Blüten um Blüten
Vom Baum der Traurigkeit.

Erinnerung

Wer an die Zukunft denkt,
Hat Sinn und Ziel fürs Leben,
Ihm ist das Tun und Streben,
Doch keine Ruh geschenkt.

Das Höchste wäre: Leben
In ewiger Gegenwart.
Doch diese Gnade ward
Nur Kind und Gott gegeben.

Vergangenheit, du bist
Uns Dichtern Trost und Nahrung.
Beschwörung und Bewahrung
Das Amt der Dichter ist.

Verwelktes blüht aufs neue,
Uraltes lächelt jung;
Fromme Erinnerung
Hält ihm in Ehrfurcht Treue.

In Vor- und Kinderzeit
Uns innig zu versenken,
Der Mütter zu gedenken,
Dazu sind wir geweiht.

Dem Frieden entgegen

Für die Waffenstillstandsfeier des Radio Basel

Aus Haßtraum und Blutrausch
Erwachend, blind noch und taub
Vom Blitz und tödlichen Lärm des Krieges,
Alles Grauenhaften gewohnt,
Lassen von ihren Waffen,
Von ihrem furchtbaren Tagwerk
Die ermüdeten Krieger.

‹Friede!› tönt es
Wie aus Märchen, aus Kinderträumen her.
‹Friede.› Und kaum zu freuen
Wagt sich das Herz, ihm sind näher die Tränen.

Arme Menschen wir,
So des Guten wie Bösen fähig,
Tiere und Götter! Wie drückt das Weh,
Drückt die Scham uns heute zu Boden!

Aber wir hoffen. Und in der Brust
Lebt uns glühende Ahnung
Von den Wundern der Liebe.
Brüder! Uns steht zum Geiste,
Steht zur Liebe die Heimkehr
Und zu allen verlornen
Paradiesen die Pforte offen.

Wollet! Hoffet! Liebet!
Und die Erde gehört euch wieder.

Wache Nacht

Bleich blickt die föhnige Nacht herein,
Der Mond im Wald will untergehn.
Was zwingt mich doch mit banger Pein
Zu wachen und hinauszusehn?

Ich hab geschlafen und geträumt;
Was hat mir mitten in der Nacht
Gerufen und so bang gemacht,
Als hätt ich Wichtiges versäumt?

Am liebsten liefe ich vom Haus,
Vom Garten, Dorf und Lande fort
Dem Rufe nach, dem Zauberwort,
Und weiter und zur Welt hinaus.

Skizzenblatt

Kalt knistert Herbstwind im dürren Rohr,
Das im Abend ergraut ist;
Krähen flattern vom Weidenbaume landeinwärts.

Einsam steht und rastet am Strande ein alter Mann,
Spürt den Wind im Haar, die Nacht und nahenden Schnee,
Blickt vom Schattenufer ins Lichte hinüber,
Wo zwischen Wolke und See ein Streifen
Fernsten Strandes noch warm im Lichte leuchtet:
Goldenes Jenseits, selig wie Traum und Dichtung.

Fest im Auge hält er das leuchtende Bild,
Denkt der Heimat, denkt seiner guten Jahre,
Sieht das Gold erbleichen, sieht es erlöschen,
Wendet sich ab und wandert
Langsam vom Weidenbaume landeinwärts.

Pavillon im Winter

Urenkelstiefkind eines hadrianischen Tempels,
Illegitimer Erbe mediceischer Villen,
Mit einem Hauch Erinnerung an Versailles
Gepudert, lächelst du
Mit deinen Treppen, Säulen, Vasen und Voluten,
Unheimisch am barbarischen Strand,
Blickst in ein Land, dem du nicht angehörst,
Schickst Reize aus und Zauber,
Die nicht dein eigen sind;
Und Schnee blickt ringsum kalt
Durch deine allzu vielen Scheiben.

Du gleichst in der geliehenen Pracht
Dem armen Mädchen, das am Straßenrand
Der Großstadt steht und etwas mühsam lächelt
Und nicht so schön ist wie es scheinen will,
Und nicht so reich wie sein gefälschter Schmuck,
Und nicht so froh wie seine bunte Larve.
Ihm gleichst du; etwas Spott
Und etwas Mitleid gibt dir Antwort.
Und Schnee blickt ringsum fremd
Und kalt durch deine allzu vielen Scheiben.

In Sand geschrieben

Daß das Schöne und Berückende
Nur ein Hauch und Schauer sei,
Daß das Köstliche, Entzückende,
Holde ohne Dauer sei:
Wolke, Blume, Seifenblase,
Feuerwerk und Kinderlachen,
Frauenblick im Spiegelglase
Und viel andre wunderbare Sachen,
Daß sie, kaum entdeckt, vergehen,
Nur von Augenblickes Dauer,
Nur ein Duft und Windeswehen,
Ach, wir wissen es mit Trauer.
Und das Dauerhafte, Starre
Ist uns nicht so innig teuer:
Edelstein mit kühlem Feuer,
Glänzendschwere Goldesbarre;
Selbst die Sterne, nicht zu zählen,
Bleiben fern und fremd, sie gleichen
Uns Vergänglichen nicht, erreichen
Nicht das Innerste der Seelen.
Nein, es scheint das innigst Schöne,
Liebenswerte dem Verderben
Zugeneigt, stets nah am Sterben,
Und das Köstlichste: die Töne
Der Musik, die im Entstehen
Schon enteilen, schon vergehen,
Sind nur Wehen, Strömen, Jagen
Und umweht von leiser Trauer,
Denn auch nicht auf Herzschlags Dauer
Lassen sie sich halten, bannen;
Ton um Ton, kaum angeschlagen,
Schwindet schon und rinnt von dannen.

So ist unser Herz dem Flüchtigen,
Ist dem Fließenden, dem Leben
Treu und brüderlich ergeben,
Nicht dem Festen, Dauertüchtigen.
Bald ermüdet uns das Bleibende,
Fels und Sternwelt und Juwelen,
Uns in ewigem Wandel treibende
Wind- und Seifenblasenseelen,
Zeitvermählte, Dauerlose,
Denen Tau am Blatt der Rose,
Denen eines Vogels Werben,
Eines Wolkenspieles Sterben,
Schneegeflimmer, Regenbogen,
Falter, schon hinweggeflogen,
Denen eines Lachens Läuten,
Das uns im Vorübergehen
Kaum gestreift, ein Fest bedeuten
Oder wehtun kann. Wir lieben,
Was uns gleich ist, und verstehen,
Was der Wind in Sand geschrieben.

Herbstgeruch

Wieder hat ein Sommer uns verlassen,
Starb dahin in einem Spätgewitter.
Regen rauscht geduldig, und im nassen
Walde duftet es so bang und bitter.

Herbstzeitlose starrt im Grase bläßlich
Und der Pilze wucherndes Gedränge.
Unser Tal, noch gestern unermeßlich
Weit und licht, verhüllt sich und wird enge.

Enge wird und duftet bang und bitter
Diese Welt, dem Lichte abgewendet.
Rüsten wir uns auf das Spätgewitter,
Das des Lebens Sommertraum beendet!

Grauer Wintertag

Es ist ein grauer Wintertag,
Still und fast ohne Licht,
Ein mürrischer Alter, der nicht mag,
Daß man noch mit ihm spricht.

Er hört den Fluß, den jungen, ziehn
Voll Drang und Leidenschaft;
Vorlaut und unnütz dünkt sie ihn,
Die ungeduldige Kraft.

Er kneift die Augen spöttisch ein
Und spart noch mehr am Licht,
Ganz sachte fängt er an zu schnei'n,
Zieht Schleier vors Gesicht.

Ihn stört in seinem Greisentraum
Der Möwen grell Geschrei,
Im kahlen Ebereschenbaum
Der Amseln Zänkerei.

All das Getue lächert ihn
Mit seiner Wichtigkeit;
Er schneielet so vor sich hin
Bis in die Dunkelheit.

Märzsonne

Trunken von früher Glut
Taumelt ein gelber Falter.
Sitzend am Fenster ruht
Schläfrig gebückt ein Alter.

Singend durchs Frühlingslaub
Ist er einst ausgezogen.
So vieler Straßen Staub
Hat sein Haar überflogen.

Zwar der blühende Baum
Und die Falter die gelben
Scheinen gealtert kaum,
Scheinen heut noch dieselben.

Doch es sind Farbe und Duft
Dünner geworden und leerer,
Kühler das Licht und die Luft
Strenger zu atmen und schwerer.

Frühling summt bienenleis
Seine Gesänge, die holden.
Himmel schwingt blau und weiß,
Falter entflattert golden.

Im Auto über den Julier

Stein-Öde, Trümmerfelder tot,
Dünnfarbige Algen grün, grau, rot,
Felsgipfel steil ins Graue drängend,
Gewölk die Grate überhängend,
Kaltfeindlich scharf der mürrische Wind,
Moorwasserlachen stumm und blind,
An bleichen Wänden frische Wunden
Blutbraun und schorfig, felsgeschunden.
Müd aber streng und scharfgeschnitten
Zieht lang der Straße Band inmitten,
Einst Heer- und Pilgerweg, und jetzt
Von schnurrenden Maschinen abgewetzt
Mit Menschen drin, die alles hätten,
Sich aus dem Lärm ins Sommerglück zu retten,
Nur keine Zeit, nur keine Zeit.
Wir hasten mit, es ist noch weit
Bis Bivio, bis Chur, Paris, Berlin,
Wir hasten auf der hageren Straße hin,
Wir sehen grat-entlang die Wolken ziehn,
Das Steingeröll mit blinden Wasserlachen;
Die graue Kühle will uns schauern machen,
Doch die Maschine reißt uns ohne Gnade
Hinan, hinab, hinweg. Heroisch hart
Ins Grau empor die steile Steinwelt starrt.
Wir fliehen, fliehen, und wir fühlen: ‹schade . . .›

Gewitter im Juni

Sonne krankt, Gebirge kauert,
Schwarze Wetterwolkenwand
Mit geduckten Kräften lauert,
Niedrig flattern scheue Vögel,
Graue Schatten übers Land.

Donner, lange schon zu hören,
Poltert lauter los und klingt
Herrlich auf zu Paukenchören,
Draus trompetenhell und golden
Blitz um Blitz den Schwall durchdringt.

Regen stürzt in dichten Güssen
Gläsern, kalt und silberfahl,
Rennt in Bächen, rauscht in Flüssen
Wild wie lang verhaltenes Schluchzen
Nieder ins erschreckte Tal.

Licht der Frühe

Heimat, Jugend, Lebens-Morgenstunde,
Hundertmal vergessen und verloren,
Kommt von dir mir eine späte Kunde
Hergeweht, so quillt's aus allen Tiefen,
Die verschüttet in der Seele schliefen,
Süßes Licht du, Quelle neugeboren!

Zwischen Einst und Heut das ganze Leben,
Das wir oft für stolz und reich gehalten,
Zählt nicht mehr; ich lausche hingegeben
Den so jungen, den so ewig-alten
Märchenbrunnen-Melodien wieder
Der vergessenen alten Kinderlieder.

Über allen Staub und alle Wirre
Leuchtest du hinweg und alle Mühe
Unerfüllten Strebens in der Irre,
Lautre Quelle, reines Licht der Frühe.

Regen im Herbst

O Regen, Regen im Herbst,
Grau verschleierte Berge,
Bäume mit müde sinkendem Spätlaub!
Durch beschlagene Fenster blickt
Abschiedsschwer das krankende Jahr.
Fröstelnd im triefenden Mantel
Gehst du hinaus. Am Waldrand
Tappt aus entfärbtem Laub
Kröte und Salamander trunken,
Und die Wege hinab
Rinnt und gurgelt unendlich Gewässer,
Bleibt im Grase beim Feigenbaum
In geduldigen Teichen stehn.
Und vom Kirchturm im Tale
Tropfen zögernde müde
Glockentöne für Einen vom Dorf,
Den sie begraben.

Du aber traure, Lieber,
Nicht dem begrabenen Nachbarn,
Nicht dem Sommerglück länger nach
Noch den Festen der Jugend!
Alles dauert in frommer Erinnerung,
Bleibt im Wort, im Bild, im Liede bewahrt,
Ewig bereit zur Feier der Rückkehr
Im erneuten, im edlern Gewand.
Hilf bewahren du, hilf verwandeln,
Und es geht dir die Blume
Gläubiger Freude im Herzen auf.

Klage und Trost

Jenes Licht, das einst in den Stuben
Unsrer Jugend am Abend so sanft gebrannt,
Ist nirgend mehr. Und die wir gekannt
Und geliebt als hübsche Mädchen und Buben,
Sie hingewelkt und in Gräbern vermodert.

Das Licht, das heut über den Straßen
So kühlgrell und so über die Maßen
Verschwenderisch gleißt und lodert,
Ist anders als alle Lichter waren
In den Städten unserer Kinderzeit,
Und anders geworden sind Plätze und Gassen,
So neu, so steinern, so breit.
Auch was die Kriege übrig gelassen,
Städtchen und Dörfer heimatlich altvertraut,
Aus andern, erschreckten Augen schaut,
Es dröhnt und stöhnt von ungeduldigen Motoren,
Kirche und Friedhof stehn im Gewühl
Altgeworden, verschüchtert, verloren,
Die Leute am Steuer blicken besorgt und kühl.

Aber der Regen, wenn er in Frühlingserde
Leise sinkt oder im Sommerlaub rauscht,
Klingt und riecht noch wie einst, und der
lautlosen Natter Gebärde,
Wenn sie mit eckigem Köpfchen wittert und lauscht,
Oder des halben Mondes heimliche Trauer,
Wie er so fremd und verstohlen sich hebt
Über der nächtlichen Berge zackige Mauer,
Und der Weide Geweig, wenn es im Föhnwind bebt.
O und der Abendberge inniges Glühen

Oder der ersten Krokus schüchtern-schelmisches Blühen
Sind noch wie immer, ihr Zauber ist ungebrochen.
Wie sie vor Zeiten in jener versunkenen Welt
Uns begrüßt und freundlich zu uns gesprochen
Und uns die Seele mit Trost und Freude erhellt,
Sprechen sie heut noch und geben Antwort dem Herzen,
Dem die Jahre wie Tage vorüberfliehn,
Gleich dem Lampenlicht und dem sanften Schimmer der Kerzen,
Der die Abende unsrer Kindheit beschien.

Nachruf

Meinem lieben Freunde H. C. Bodmer an seinem
Todestage, dem 28. Mai 1956

O Freund, daß du so früh gegangen bist!
Kahl dorrt um mich der Raum, der Wald einst war.
Vergessener alter Baum, steh ich allein.

Dich kannten wenige, und keiner ganz.
Verborgen unter flotter Maske
Des Reiters, Zechers, Offiziers, Mäzens
Lebte dein Strahlendes, dein heimliches Königtum.

Und daß du hinter straffer Herrenmiene
Hingabe hegtest, Demut, Liebeskraft
Fürs Große, Heilige, war Freunden nur
Des innern Kreises kund, ein Wissen,
Das wir als kostbares Geheimnis bargen.

Leb wohl, du Stürmischer, Unbändiger!
Dein Bild bewahr ich treu, das ritterliche.
Und lang am kahlgeschlagenen Hang
Betracht ich die verödete Stelle,
Ob der sich deine Krone einst gewiegt.

Wanderer im Spätherbst

Durch kahlen Waldes Astgeflecht
Sinkt weiß aus grauen Lüften erster Schnee
Und sinkt und sinkt. Wie ward die Welt so stumm!
Kein Blatt das rauscht, kein Vogel im Gezweig,
Nur Weiß und Grau und Stille, Stille.

Der Wandrer auch, der grün und bunte Monde
Durchwanderte mit Laute und Gesang,
Ist stumm geworden und der Freude müd,
Des Wanderns müd, der Lieder müd.
Ihn schauert, aus den kühlen grauen Höhn
Weht Schlaf ihn an, und leise sinkt
Und sinkt der Schnee . . .

Noch spricht aus fernem Frühling her
Und hingewelktem Sommerglück Erinnrung
Mit blaß verwehenden Bildern:
Kirschblütenblätter schleiernd durch ein Blau,
Ein holdes lichtes Blau –
Mit zartem Flügelzittern hängt am Halm
Ein junger Falter braun und gold –
Aus laulicht feuchter Sommerwaldnacht
Sehnsüchtig langgezognes Vogellied . . .
Der Wandrer nickt den lieben Bildern zu:
Wie war das schön! Und manches flattert noch
Aus jenem Einstmals auf, glänzt und erlischt:
Ein dunkelsüßer Blick aus Liebesaugen –
Ein Nachtgewitter, Blitz und Sturm im Schilf –
Ein Flötenlied aus fremdem Abendfenster –
Ein greller Häherschrei im Morgenwald . . .

Es sinkt und sinkt der Schnee. Der Wandrer
Lauscht Vogelruf und Flöte nach,
Den einst erklungenen, herzbewegenden:
O schöne Welt, wie bist du so verstummt!
Unhörbar geht er hin durchs weiche Weiß
Der Heimat zu, der langvergeßnen,
Die jetzt mit sanftem Zwange ruft,
Dem Tale zu, dem Erlenbach,
Dem Markt, dem alten Vaterhaus,
Der Efeumauer, hinter der die Mutter,
Der Vater und die Ahnen ruhn.

Kein Blatt das rauscht, kein Vogel im Gezweig . . .

Der alte Mann und seine Hände

Mühsam schleppt er sich die Strecke
Seiner langen Nacht,
Wartet, lauscht und wacht.
Vor ihm liegen auf der Decke
Seine Hände, Linke, Rechte,
Steif und hölzern, müde Knechte,
Und er lacht
Leise, daß er sie nicht wecke.

Unverdrossener als die meisten
Haben sie geschafft,
Da sie noch im Saft.
Vieles wäre noch zu leisten,
Doch die folgsamen Gefährten
Wollen ruhn und Erde werden.
Knecht zu sein
Sind sie müd und dorren ein.

Leise, daß er sie nicht wecke,
Lacht der Herr sie an,
Langen Lebens Bahn
Scheint nun kurz, doch lang die Strecke
Einer Nacht . . . Und Kinderhände,
Jünglingshände, Manneshände
Sehn am Abend, sehn am Ende
So sich an.

Ein Traum

Säle, bang zu durchwandern,
Hundert fremde Gesichter . . .
Langsam, eins nach dem andern,
Werden blasser die Lichter.
Da, wie ihr Schimmer ergraut
Und zu Dämmrung erblindet,
Scheint mir ein Antlitz vertraut,
Liebesgedächtnis findet
Eins ums andre bekannt
Die zuvor fremden Gesichter.
Namen hör ich genannt:
Eltern, Geschwister, Gespielen,
Helden auch, Frauen und Dichter,
Die ich als Knabe verehrt.
Aber keines der vielen
Einen Blick mir gewährt.
Gleich den Flammen der Kerzen
Schwinden sie weg ins Nichts,
Lassen im trauernden Herzen
– Klänge vergeßnen Gedichts –
Dunkel zurück und Klage
Um die zu Traum und Sage
Eingedämmerten Tage
Einst genossenen Lichts.

Uralte Buddha-Figur, in einer japanischen Waldschlucht verwitternd

Gesänftigt und gemagert, vieler Regen
Und vieler Fröste Opfer, grün von Moosen
Gehn deine milden Wangen, deine großen
Gesenkten Lider still dem Ziel entgegen,
Dem willigen Zerfalle, dem Entwerden
Im All, im ungestaltet Grenzenlosen.
Noch kündet die zerrinnende Gebärde
Vom Adel deiner königlichen Sendung
Und sucht doch schon in Feuchte, Schlamm und Erde,
Der Formen ledig, ihres Sinns Vollendung,
Wird morgen Wurzel sein und Laubes Säuseln,
Wird Wasser sein, zu spiegeln Himmels Reinheit,
Wird sich zu Efeu, Algen, Farnen kräuseln, –
Bild allen Wandels in der ewigen Einheit.

Morgenstunde

Grau und blau getürmtes Schattenland
Ruht mit zackigem Gebirgesrand
Dunkelhart vor lichtem Himmelsgrün,
Ruht so ernst, so würdig, ruht so kühn
Wie ein Krieger nach bestandener Schlacht.
Wald und Schluchten hangen tief voll Nacht,
Schläfrig dämmern Dörfer, niedrig, mager,
Schafen gleich auf harter Heide Lager,
Tausendjährig, greis, doch kinderjung
In des alten Bergs Erinnerung,
Der sie gestern erst erbaun gesehen,
Der sie sinken sehn wird und vergehen,
Er, den einst das wilde Erdenweib
Glühend stieß aus schmerzgekrümmtem Leib,
Ehe Wälder, Schluchten, Dörfer waren.
Alles weiß er, der so viel erfahren,
Listig blinzelt er aus scharfer Scharte,
Daß Vergehn und Tod auch ihn erwarte,
Das zu spüren noch nicht steif und kalt genug,
Das zu denken noch nicht reif und alt genug.
Gähnend reckt er sich dem Licht entgegen,
Das den Himmel satt und satter tränkt,
Tief in seinen Schattenklüften regen
Sich die Wasser, die er seewärts lenkt.
Gipfel trägt und Grat er schneebedeckt,
Doch von Felsenstürzen grau gefleckt,
Sie erwarten schweigend und getrosten
Mutes ihren Morgenruf aus Osten.
Und der Ruf erdröhnt: lautlos, nur Licht!
Auf der höchsten Firnenkante bricht
Feuerfarbene Glut aus wie von innen,
Es erglühn, erstrahlen alle Zinnen
Rot und golden, königlich entfacht.
Aufhorcht froh erschrocken und erwacht
Berg und Tal und See. Der Traum zerrinnt,
Der sie niederhielt. Der Tag beginnt.

Kleiner Knabe

Hat man mich gestraft,
Halt ich meinen Mund,
Weine mich in Schlaf,
Wache auf gesund.

Hat man mich gestraft,
Heißt man mich den Kleinen,
Will ich nicht mehr weinen,
Lache mich in Schlaf.

Große Leute sterben,
Onkel, Großpapa,
Aber ich, ich bleibe
Immer, immer da.

Müder Abend

Abendwindes Lallen
Klagt erstickt im Laub,
Schwere Tropfen fallen
Einzeln in den Staub.

Aus den mürben Mauern
Moos und Farne quellen,
Alte Leute kauern
Schweigend auf den Schwellen.

Krumme Hände lasten
Still auf steifen Knien,
Geben sich dem Rasten
Und Verwelken hin.

Überm Friedhof flügeln
Krähen schwer und groß.
Auf den flachen Hügeln
Wuchert Farn und Moos.

Der erhobene Finger

Für Wilhelm Gundert

Meister Djü-dschi war, wie man uns berichtet,
Von stiller, sanfter Art und so bescheiden,
Daß er auf Wort und Lehre ganz verzichtet,
Denn Wort ist Schein, und jeden Schein zu meiden
War er gewissenhaft bedacht.
Wo manche Schüler, Mönche und Novizen
Vom Sinn der Welt, vom höchsten Gut
In edler Rede und in Geistesblitzen
Gern sich ergingen, hielt er schweigend Wacht,
Vor jedem Überschwange auf der Hut.
Und wenn sie ihm mit ihren Fragen kamen,
Den eitlen wie den ernsten, nach dem Sinn
Der alten Schriften, nach den Buddha-Namen,
Nach der Erleuchtung, nach der Welt Beginn
Und Untergang, verblieb er schweigend,
Nur leise mit dem Finger aufwärts zeigend.
Und dieses Fingers stumm-beredtes Zeigen
Ward immer inniger und mahnender: es sprach,
Es lehrte, lobte, strafte, wies so eigen
Ins Herz der Welt und Wahrheit, daß hernach
So mancher Jünger dieses Fingers sachte
Hebung verstand, erbebte und erwachte.

Junger Novize im Zen-Kloster · I

Meines Vaters Haus im Süden steht,
Sonne wärmt es sanft und Seeluft weht.
Von der Heimat träum ich manche Nacht,
Naß von Tränen bin ich oft erwacht.

Wittern meine Kameraden schon,
Wie mir ist? Mir bangt vor ihrem Hohn.
Alte Mönche schnarchen rauh wie Tiere,
Ich allein, Yü Wang, bin wach und friere.

Einmal, einmal nehm ich meinen Stab,
Binde die Sandalen, reise ab,
Tausend Meilen pilgre ich zurück
In die Heimat, ins verlaßne Glück.

Aber wenn des Meisters Tigerblick
Mich durchbohrt, erkenn ich mein Geschick,
Spüre Glut und spüre Eis im Leibe,
Zittre, schäme mich und bleibe, bleibe.

Junger Novize im Zen-Kloster · II

Ist auch alles Trug und Wahn
Und die Wahrheit stets unnennbar,
Dennoch blickt der Berg mich an
Zackig und genau erkennbar.

Hirsch und Rabe, rote Rose,
Meeresblau und bunte Welt:
Sammle dich – und sie zerfällt
Ins Gestalt- und Namenlose.

Sammle dich und kehre ein,
Lerne schauen, lerne lesen!
Sammle dich – und Welt wird Schein.
Sammle dich – und Schein wird Wesen.

Lej Nair

Kleiner schwarzer Waldsee im Engadin über Surlej

Hinter strengem Felsenriegel,
Den die Weidenrosen mildern,
Dehnt sich dunkeln Wassers Spiegel,
Wolken, Wald und Berg zu schildern.

Schwarze Bläue, kühle Feuchte
Füllt die Mulde satt, ihr Schweigen
Scheint vom See hinauf zur Leuchte
Frischen Gipfelschnees zu steigen.

Talwärts mit verschlafenem Rieseln
Träge Wasserfäden schleichen,
Über Schlamm und braunen Kieseln
Alte Baumgerippe bleichen.

Arve starrt und Lärche schattet,
Selbst der Wind, noch eben rege,
Zögert jetzt und sucht ermattet,
Wo er sich zur Ruhe lege.

Louis Soutter

Schöne korrekte Bilder malen,
Schöne Sonaten tadellos geigen,
Frühlings- und Kreutzersonate
Lernt ich einst und war jung,
Lief in die offene lichte Welt,
War jung, wurde gelobt, wurde geliebt . . .
Aber einmal sah mir durchs Fenster
Lachend mit kahlen Kiefern
Der Tod herein, und das Herz
Fror mir im Leibe, fror mir,
Friert mir noch heut. Ich floh,
Irrte hin, irrte her.
Aber sie fingen mich, sperrten mich ein,
Jahr um Jahr. Durch mein Fenster
Hinter dem Gitter glotzt er,
Glotzt und lacht. Er kennt mich. Er weiß.

Männer male ich oft auf rauhes Papier,
Male Weiber, male den Jesus Christ,
Adam und Eva, Golgatha,
Nicht korrekt, nicht schön, sondern richtig
Mal ich mit Tinte und Blut, male wahr. Wahrheit ist schrecklich.
Aber ich decke mein Blatt mit Strich an Strich,
Loser, dichter, grau, silbern, schwarz,
Lasse die Züge der Hieroglyphen
Wollig wuchern wie Moos,
Prasseln wie trockner Hagel, kämmen wie Fischgeripp,
Schleiere graue Netze aus Liniendünn, Spinnweb,
Wind im Gras, Wurzelgeflecht, Kalligraphie,
Kratze Lage um Lage zehntausend Striche,
Glatte, schwellende, haaresträubende,

Fedrig geflammte, stehende, fliehende,
Spare aus ihrem Gekräusel schneeweißen Leib,
Drücke den Jesus zu Boden
Mit Kreuzes Last. Vogelgeflatter
Geistert durch Traumgehölz, flockige Blumen
Lachen traurig aus welkem Gekräut.
Manchmal vergeß ich,
Manchmal bann ich die Angst,
Manchmal hör ich aus Fernen
Dunkler Jahre, vieler Jahre, Musik,
Kreutzersonate ... Aber am Fenster
Weiß ich, in meinem Rücken,
Jenen stehen und lachen.
Er kennt mich. Er weiß.

Auf dem Manuskriptblatt fand sich folgende Notiz von Hermann Hesse: Louis Soutter, Maler und Musiker, lebte von 1871 bis 1942; als Maler und Violinist akademisch ausgebildet, Lieblingsschüler von Ysaye, übte wechselnd beide Berufe aus. Nach einem schweren Typhus erholte er sich nie wieder, die beiden letzten Jahrzehnte lebte er in einer Anstalt interniert. Dort zeichnete er die wilden genialen Blätter, die der Lausanner Verlag Mermod lang nach seinem Tod herausgab.

Einst vor tausend Jahren

Erste Fassung

Hör ich seine Weise flüstern
Meinen Bambus in der Nacht,
Hab ich bang und reiselüstern
Manche Stunde hell gewacht.

Dringlich zieht michs fort von allen
Den gewohnten Lebenskreisen,
Weg zu fliegen, weg zu fallen,
Ins Unendliche zu reisen.

Einst vor tausend Jahren gab es
Eine Heimat, einen Garten,
Wo im Beet des Vogelgrabes
Aus dem Schnee die Krokus starrten.

Vogelschwingen möcht ich breiten
Aus dem Bann, der mich begrenzt,
Zu dem Beet und zu den Zeiten,
Deren Gold mir heut noch glänzt.

Einst vor tausend Jahren

Zweite Fassung

Unruhvoll und reiselüstern
Aus zerstücktem Traum erwacht
Hör ich seine Weise flüstern
Meinen Bambus in der Nacht.

Statt zu ruhen, statt zu liegen
Reißt michs aus den alten Gleisen,
Weg zu stürzen, weg zu fliegen,
Ins Unendliche zu reisen.

Einst vor tausend Jahren gab es
Eine Heimat, einen Garten,
Wo im Beet des Vogelgrabes
Aus dem Schnee die Krokus starrten.

Vogelschwingen möcht ich breiten
Aus dem Bann, der mich umgrenzt,
Dort hinüber, zu den Zeiten,
Deren Gold mir heut noch glänzt.

Nachts im April notiert

O daß es Farben gibt:
Blau, Gelb, Weiß, Rot und Grün!

O daß es Töne gibt:
Sopran, Baß, Horn, Oboe!

O daß es Sprache gibt:
Vokabeln, Verse, Reime,
Zärtlichkeiten des Anklangs,
Marsch und Tänze der Syntax!

Wer ihre Spiele spielte,
Wer ihre Zauber schmeckte,
Ihm blüht die Welt,
Ihm lacht sie und weist ihm
Ihr Herz, ihren Sinn.

Was du liebtest und erstrebtest,
Was du träumtest und erlebtest,
Ist dir noch gewiß,
Ob es Wonne oder Leid war?
Gis und As, Es oder Dis –
Sind dem Ohr sie unterscheidbar?

Kleiner Gesang

Regenbogengedicht,
Zauber aus sterbendem Licht,
Glück wie Musik zerronnen,
Schmerz im Madonnengesicht,
Daseins bittere Wonnen . . .

Blüten vom Sturm gefegt,
Kränze auf Gräber gelegt,
Heiterkeit ohne Dauer,
Stern, der ins Dunkel fällt:
Schleier von Schönheit und Trauer
Über dem Abgrund der Welt.

Knarren eines geknickten Astes

Erste Fassung

Geknickter Ast, an Splittersträngen
Noch schaukelnd, ohne Laub noch Rinde,
Ich seh ihn Jahr um Jahr so hängen,
Sein Knarren klagt bei jedem Winde.

So knarrt und klagt es in den Knochen
Von Menschen, die zu lang gelebt,
Man ist geknickt, noch nicht gebrochen,
Man knarrt, sobald ein Windhauch bebt.

Ich lausche deinem Liede lange,
Dem fasrig trocknen, alter Ast,
Verdrossen klingts und etwas bange,
Was du gleich mir zu knarren hast.

Knarren eines geknickten Astes

Zweite Fassung

Splittrig geknickter Ast,
Hangend schon Jahr um Jahr,
Trocken knarrt er im Winde sein Lied,
Ohne Laub, ohne Rinde,
Kahl, fahl, zu langen Lebens,
Zu langen Sterbens müd.
Hart klingt, rauh sein Gesang,
Klingt trotzig, klingt bang
Noch einen Sommer, noch einen Winter lang.

Knarren eines geknickten Astes

Dritte Fassung

Splittrig geknickter Ast,
Hangend schon Jahr um Jahr,
Trocken knarrt er im Wind sein Lied,
Ohne Laub, ohne Rinde,
Kahl, fahl, zu langen Lebens,
Zu langen Sterbens müd.
Hart klingt und zäh sein Gesang,
Klingt trotzig, klingt heimlich bang
Noch einen Sommer,
Noch einen Winter lang.

GEDICHTTITEL

GEDICHTANFÄNGE

HINWEISE ZU DIESER AUSGABE

insel taschenbuch 4047: Hermann Hesse, *Stufen*. Der Text folgt dem Band Hermann Hesse, *Gesammelte Werke*. Erster Band. Stufen, Die späten Gedichte, Frühe Prosa, Peter Camenzind. © Suhrkamp Verlag Franekfurt am Main 1970.